AF187243

Die Liebe ist dem Sex sein Tod

Sara Blume

Sara Blume

Die Liebe ist dem Sex sein Tod

Roman

Bibliografische Information der Deutschen Nationalbibliothek:
Die Deutsche Nationalbibliothek verzeichnet diese Publikation in
der Deutschen Nationalbibliografie; detaillierte bibliografische
Daten sind im Internet über http://dnb.dnb.de abrufbar.

Covergestaltung: Amy Sulistya
Herstellung und Verlag: BoD – Books on Demand, Norderstedt

ISBN: 978-3-7519-0390-5

Für Sunny, meine Familie und meine besten Freunde.

Ihr wisst, wer gemeint ist.

***

1

13.08.2016

Ich bin dreißig.
Und das seit genau 672 Stunden. Das für sich betrachtet ist überhaupt kein Problem. Wirklich. Es ist vollkommen in Ordnung, dreißig zu sein. Ich fühle mich gut. Ich fühle mich noch genauso wie vor einem halben Jahr. Und da war ich neunundzwanzig. Also alles soweit nicht dramatisch. Das Alter – vielmehr die Zahl - wird erst dann zum Problem, wenn mich jemand danach fragt. Wenn mich jemand fragt, wie alt ich bin und ich gezwungen bin, zu antworten. Diese Zahl aus meinem Mund zu hören klingt entsetzlich! *Dreißig...* Als ich das erste Mal danach gefragt wurde, war ich völlig unvorbereitet. Hätte ja auch niemand ahnen können, dass mich das so trifft. Ich fühlte mich so gut mit dreißig, dass ich felsenfest davon ausging, es ohne weiteres jedem erzählen zu können. Dies war jedoch ein fataler Irrtum, wie sich herausstellte. Kaum hatte ich diese sieben Buchstaben ausgesprochen, schwebten sie wie in einem Comic in einer Sprechblase über meinem Kopf. In Großbuchstaben! Und Neonschrift! Ich musste etwas unternehmen. Dieses ganze Gefasel von „Ich-bin-neunundzwanzig-A" und so weiter nervte mich. Das war also keine Alternative. Glücklicherweise erhielt

ich den Anstoß zu einer rettenden Idee von meiner besten Freundin Sophie. Diese erzählte mir nämlich, dass ihr Freund, der jetzt übrigens ihr Exfreund ist, Probleme mit Verstopfung hatte und ungeheuerliche Schwierigkeiten damit, dies in der Öffentlichkeit kundzutun. Als er also in die Apotheke ging, um ein Abführmittel zu kaufen, antwortete er auf die Frage der netten Pharmazeutisch-Technischen-Assistentin: „Was kann ich für sie tun?" mit hochrotem Kopf und: „Ich brauche ein Hbfhrmddl."

Was für eine fantastische Idee.

Man glaubt es zunächst nicht, aber es funktioniert. Und wenn es nur als Trost für mein angeknackstes Ego fungiert.

Sitze ich jetzt also in einer Kneipe und es kommt ein Mann vorbei, quatscht mich von der Seite an und fragt irgendwann nach meinem Alter, lautet meine Antwort konsequent: „Dddddrssssssch!"

„Wie bitte?", kommt dann meist als Gegenfrage, weil ich klinge, als leide ich unter einer spontanen Kiefersperre.

Kann ja passieren mit dreißig.

Die Irritation meines Gegenübers kümmert mich aber wenig. Die Hauptsache ist, dass ich dieses Wort nicht aussprechen muss. Auf Nachfragen stellt sich erfahrungsgemäß durch Drumherum Reden der eigentliche Inhalt des Wortes sowieso heraus und so gelingt es mir, geschickt Informationen über mich weiter zu geben, ohne in der Misere zu stecken, diese beängstigende Zahl selbst aussprechen zu müssen.

***

An dieser Stelle wird sich der routinierte Leser sowieso fragen, warum ich mit dreißig allein in Kneipen hocke und nach dem Alter gefragt werde. Ja, diese Frage ist tatsächlich nicht ganz unberechtigt. Denn würde ich jetzt noch brav in meinem einstigen zu Hause sitzen, mit dem Mann, den ich sieben Jahre lang geliebt habe und mit dem ich sechs Jahre verheiratet war, so kämen lästige Fragen nach meinem Alter gar nicht auf. Denn dann würde ich nicht die Nächte in irgendwelchen Diskotheken verbringen und dementsprechend auch nicht von unbekannten Männern angesprochen werden.

Die Wahrheit ist: Ich habe mich getrennt. Ja genau, ich. Ich habe mich verabschiedet von dem Leben auf einem idyllischen Resthof am Rande der Südheide, von einem Leben im Einklang mit der Natur und Tieren.

Kurz: von dem, was typischerweise die Heldinnen aus den unzählbaren Frauenromanen *am Ende* ihrer Geschichten erwartet.

Da kehren sie aus der Stadt zurück aufs Land, treffen ihre Jugendliebe wieder und bleiben für den Rest ihres Lebens in ihrer alten neuen Heimat. Kehren ihrer Karriere, die sie üblicherweise als PR-Managerin einer großen Agentur, oder wahlweise auch als Innenarchitektin, oder Creative Head of Design – was auch immer das ist - machten, den Rücken. Leben im Einklang mit der Natur, im Einklang mit Tieren, auf einem idyllischen Bauernhof und sind glücklich bis ans Lebensende.

Nein, in meinem Leben war das anders herum.

Mein Leben gestaltet sich sowieso gänzlich anders, als das der Heldinnen in den typischen Frauenromanen.

Ich, Greta Meusel, war mit dreiundzwanzig schon verheiratet und überzeugt davon, meinen Platz im Leben gefunden zu haben. Dementsprechend war ich dann mit vierundzwanzig schwanger. Mit fünfundzwanzig wurde ich Mutter des (natürlich) tollsten Kindes der Welt, mit neunundzwanzig trennte ich mich.

Meinen dreißigsten Geburtstag feierte ich alleine in einer Kneipe. Was für ein Werdegang!

***

Das Leben, was ich aufgab, war prinzipiell gar nicht so schlecht. Und eigentlich dachte ich, dass ich für Anfang zwanzig erfreulich früh dran gewesen war mit
dem Richtigen, als ich Stefan vor sieben Jahren traf.
Ja, ich dachte es wirklich.

Ich war mir so sicher, dass wir hervorragend zusammen passten und da wir gemeinsame Interessen verfolgten und das Gleiche vom Leben erwarteten, hatten wir wirklich gute Zukunftsaussichten. Nicht, dass die gleichen Erwartungen vom Leben automatisch dazu führen, dass man erst durch den Tod geschieden würde, aber es hilft zumindest dabei, sich einzureden, dass in der Beziehung ja eigentlich nicht mehr viel schief gehen kann.

Stefan gehörte der idyllische Resthof am Rande der Südheide, ich war vernarrt in Tiere. Was für wunderbare Voraussetzungen für eine funktionierende Symbiose. Ich habe ihn nicht des Hofes wegen geheiratet. So war es wirklich nicht. Es war nur, sagen wir, ein angenehmer Nebeneffekt. Ich liebte Stefan wirklich. Ungeachtet meines Wissens darüber, dass er leider oft zu viel trank und seine Emotionen und auch Aggressionen dann nicht mehr im Griff hatte, ließ ich mich auf ihn ein.

Aber so war das mit der Liebe. Zumindest mit der Liebe bei mir und meinem Arschlochherz. Es widerstand jeder Warnung meines Verstandes.

Stefan hatte eine erstaunliche Anziehungskraft auf Frauen. Er war knapp zehn Zentimeter größer als ich, hatte strahlend blaue Augen und kurze blonde Haare, die mit einigen grau melierten Strähnen durchsetzt waren. Er war immer braun gebrannt, was nicht zuletzt daran lag, dass er die meiste Zeit des Tages bei Wind und Wetter draußen auf dem Hof verbrachte. Daher kamen wahrscheinlich auch die kleinen Fältchen, die sich bereits um seine Augen abzeichneten, was ihn immer ein bisschen verschmitzt aus der Wäsche blicken ließ. Stefan war wirklich ein gutaussehender, gestandener Mann und ein absoluter Kumpel Typ. Auf ihn konnte man sich jederzeit verlassen und mit ihm im wahrsten Sinne des Wortes Pferde stehlen.

Auch wenn er nicht vor Intelligenz platzte und man mit ihm nicht unbedingt über den Sinn des Lebens philosophieren konnte, konnte man mit ihm trotz dessen angeregte Alltagsgespräche führen, die nie langweilig wurden.

Das Aussehen in Verbindung mit einer auf den ersten Blick kumpelhaften Herzlichkeit machte ihn wahrscheinlich so attraktiv und ließ auch mich alles andere als kalt, als ich ihn kennenlernte.

Wir machten aus dem Hof ein Trainingszentrum für Pferde und deren Besitzer, welches sich super mit meinem Studium vereinen ließ - denn jetzt mal im Ernst: Musik und Germanistik auf Lehramt ist jetzt nicht sooooo zeitintensiv. Wir lebten unseren Traum, zumindest für eine Weile. Er legte mir die Welt zu Füßen. Alles, was ich wollte, bekam ich. Um materielle Dinge musste ich mir weiß Gott keine Gedanken machen. Und jetzt mal ehrlich: Welche Frau genießt es nicht, jeden Wunsch von den Augen abgelesen zu bekommen?

Wir wurden das perfekte Paar. Jeder, der uns kennenlernte, war begeistert davon, wie toll wir alles zusammen managten. Wie gut wir uns verstanden. Als er mich nach einem Jahr fragte, ob ich ihn heiraten wolle, brauchte ich nicht lange zu überlegen. Nicht dass ich das Hals über Kopf entschieden hätte. Nein, ich war mir schon lange vorher der Vorzüge einer Ehe bewusst. Allen voran die Tatsache, dass ich endlich meinen Nachnamen ändern konnte. Von nun an würde ich Greta Meusel heißen und nicht mehr Greta Will. Oh, wie habe ich diesen Namen gehasst. Mit ihm hatte ich immer die Lacher auf meiner Seite. Angefangen in der Grundschule, in der wir zu Beginn der ersten Klasse alle mit unseren vollständigen Namen aufgerufen wurden.

„Greta Will!" Und es tönte aus einer Ecke im Klassenraum: „Was will Greta denn? Will sie Schokolade?" Hahaha...

Weiter ging es auf dem Gymnasium:

„Greta Will!" Und alle lachten... Hahaha...

Zu guter Letzt auf dem Abschlussball des Abiturjahrgangs.

„Greta Will!" Wobei aus dem Publikum erst:

„Ey Greta, willst du auch mit mir?", ertönte, bevor die Menge wieder kräftig zu lachen anfing.

Nein, von nun an würde ich nicht mehr zur allgemeinen Belustigung beitragen. Ein wichtiger Grund um zu heiraten. Natürlich nicht der einzige:

Stefan rettete mich, als ich mal wieder Opfer meines gebrochenen Herzens geworden war. Er gab mir so viel Sicherheit und Normalität, dass sich die Beziehung mit ihm anfühlte, als wäre ich auf festem Grund gestrandet und keine Fluten dieser Welt könnten mir etwas anhaben. Doch ich saß in einem goldenen Käfig.

2

Sieben Jahre später: Ich bin alleinerziehende Mutter mit einem vierjährigen Sohn, fast fertig mit meinem Studium und frage mich, wo ich stehe, was ich will und wo ich in zehn Jahren sein werde. Eigentlich geht es mir ja gut. Ich kann nicht sagen, dass ich in einer ausweglosen Situation stecke. Mein Studium läuft wie am Schnürchen, ich lebe mit Jan und unserem Hund Nasemann in einer hübschen Erdgeschosswohnung mit übertrieben vielen Zimmern in einem schicken Dörfchen im Braunschweiger Umland, manage das Leben als Alleinerziehende in Verbindung mit dem Studium sehr gut und fühle mich ausgeglichen, in mir ruhend und völlig selbstzufrieden. Wenn... Ja, wenn da nicht die Männer wären, die mein Leben von Zeit zu Zeit - und diese Intervalle sind leider recht kurz - auf den Kopf stellen. Zugegebenermaßen muss ich sagen, lässt mich mein Exmann, oder wie es richtigerweise im Beamtendeutsch heißt:
Mein von mir getrennt lebender Mann – denn geschieden sind wir noch nicht – mit irgendwelchen überflüssigen Trennungsdiskussionen weitgehend zufrieden.
Wir haben eine optimale Regelung für die Betreuung unseres Kindes gefunden: Jan ist unter der Woche bei mir und an den Wochenenden bei Stefan. Ansonsten beschränken sich unsere Unterhaltungen auf Dinge, die noch zu regeln sind, was mittlerweile drei Monate nach der

Trennung nicht mehr so viel ist.

Nein, der eigentliche Anlass zu immer wieder auftretenden Komplikationen in meinem Herzen ist in erster Linie Ben, der auch der Auslöser für den zugegebenermaßen für Außenstehende recht plötzlich auftretenden Wandel meines Lebens war.

Es ist genau sechzehn Wochen her, seit wir uns das erste Mal gegenüberstanden. Ich kann nicht mal sagen, dass wir uns kennenlernten. Nein, es war eher so, dass... er mich fand. Er hat mich gefunden in meinem Leben, in meiner kleinen Welt:

Auf einmal stand er bei mir vor der Tür. In meinem heiligen zu Hause. Ich sah ihn und es war um mich geschehen.

An einem sonnigen Tag im April fuhr er mit seinem Van unsere lange Hofauffahrt herauf. *Schonauer Bau- und Abrissarbeiten* stand in dunkelblauer Blockschrift auf den Seiten des Kleinbusses. Er parkte vor den Stallungen, schob sich die Sonnenbrille zurück ins Haar und öffnete die Fahrertür. Seine dunklen Augen durchdrangen mich, als ob sie mir direkt in die Seele blickten und ich stand da wie paralysiert, als er auf mich zukam, mir die Hand zur Begrüßung hinhielt und mit einer Stimme, die mein Blut zum Überkochen brachte, sagte:

„Hallo. Sie sind bestimmt Frau Meusel, richtig?"

Das also war Liebe auf den ersten Blick.

Verdammt.

Ich hätte allerdings ahnen müssen, dass Liebe-auf-den-ersten-Blick-Männer nie lange bleiben.

Nicht, dass ich aus einem übermäßig reichen Erfahrungsschatz schöpfen könnte, aber alle meine längerfristigen Beziehungen führte ich mit Männern, bei denen es Liebe auf den zweiten, oder sogar dritten Blick war. Liebe-auf-den-ersten-Blick-Männer waren entweder Weiberhelden, Lebenskünstler, die nichts auf die Reihe bekamen, oder beides. Auf jeden Fall endete es immer mit einem gebrochenen Herzen. Und dieses gebrochene Herz gehörte ironischerweise immer mir.

Ben stolperte in mein Leben, wie es Laurel und Hardy in einem ihrer Slapstick-Filme nicht besser hätten darstellen können:

Er war der Leiter des Hamburger Bauunternehmens, welches bei uns auf dem Hof einige Sanierungsarbeiten vornehmen sollte und bereicherte durch seine bloße Anwesenheit drei Wochen lang mein Leben. Meine Freundin Jule war diejenige, die den Kontakt zwischen Ben und uns herstellte, als wir auf der Suche nach einer Firma für die Sanierungsarbeiten am Hof waren. Hätte sie vorher gewusst, was passieren würde, hätte sie sicherlich von einer Kontaktherstellung abgesehen, denn genaugenommen war sie ja nun Schuld an der gegenwärtigen Situation.

Jule und ihr Mann André kamen ursprünglich aus Hamburg und waren schon lange mit Ben befreundet, weshalb nahe lag, dass sie ihn uns empfahlen.

Ben ließ mich ungeachtet der Tatsachen, dass ich verheiratet war und einen Sohn hatte, durchs Leben schweben, als wäre ich eine bescheuerte Achtzehnjährige. Er gab sich dabei allerdings auch große Mühe, beantwortete geduldig alle meine sinnlosen Fragen und schaute mir oft viel zu lange in die Augen. Er erklärte mir detailgenau jeden Arbeitsschritt und mir wurde zum ersten Mal bewusst, wie interessant eigentlich eine Gebäudesanierung sein kann. Er ließ mich durchs Leben tanzen.

Dieses Gefühl erfährt man üblicherweise nach sieben Jahren Beziehung durch den Partner nicht mehr unbedingt, was ja unter normalen Umständen auch kein Problem ist.

Ich hatte in den Jahren schon öfter Männer kennengelernt, die mich aufs Wölkchen beförderten, aber bei allen erreichte ich nach kurzer Dauer der Schwärmerei auch bald wieder den Boden der Tatsachen. Nicht so bei Ben. Ich war verliebt. Komplett bescheuert. Fand jedes seiner Worte unheimlich schlau und alles, was er machte, hochinteressant. Wenn er etwas erzählte, hing ich an seinen Lippen wie ein Groupie in der ersten Reihe beim Justin Bieber Konzert.

Dabei sah er noch nicht mal gut aus. Zumindest wenn man ihn objektiv betrachtete. Manchmal habe ich wohl ein Faible für objektiv-nicht-wirklich-gutaussehende Männer. Für mich aber war Ben perfekt. Er hatte Ausstrahlung. Er war ein klein wenig größer als ich, hatte dunkle kurze Haare und – ganz wichtig – dunkelbraune Augen. Von der Statur her eher kräftig. Nicht dick, aber auch nicht dünn. Dünne Männer sind mir irgendwie unheimlich. Zumindest Männer, die dünner sind als ich.

Diese drei Wochen, in denen Ben bei uns auf dem Hof verweilte, waren für mich die schönsten seit langer Zeit. Ich existierte in einer Art Schwerelosigkeit ohne hier und jetzt, gestern und morgen, es gab weder Tag noch Nacht. Er war da und machte mich glücklich. Mehr brauchte ich nicht und es gab nichts, worüber ich mir Gedanken machen musste. Bedauerlicherweise konnte dieser Zustand der Geistesabwesenheit nicht ewig bestehen bleiben, denn irgendwann gingen auch die aufwändigsten Renovierungsarbeiten zu Ende und ich erinnere mich noch sehr gut daran, wie ich mich plötzlich fühlte, als die Arbeiten schließlich abgeschlossen waren und Ben aus meinem Leben zu verschwinden drohte.

Ein für alle Mal.

Hamburg ist zugegebenermaßen nicht Shanghai, aber wenn man 24 Stunden am Tag nichts anderes macht, als sich um die Pferde, die Tiere und den idyllischen Resthof zu kümmern und das Eigenheim nur verlässt, um den Kindergarten, die Uni, den dorfeigenen Penny-Markt oder das nächstgelegene Schützenfest zu besuchen, dann ist die Entfernung Braunschweig-Hamburg auf einmal immens.

Mit jedem Tag, den der Abschied näher rückte, schnürte sich ein unsichtbares Stückchen Seil immer fester um meinen Hals. Plötzlich war ich auf dem Boden der Tatsachen gelandet und der war verdammt dreckig.

Da ich aber in den letzten drei Wochen keinen klaren Gedanken hatte fassen können, fiel es mir auch jetzt nicht unbedingt leichter, das Denken wieder aufzunehmen. Ich wusste nur: Ich musste in irgendeiner Form den Kontakt aufrechterhalten, alles andere war mir egal. Es war sowieso das erste Mal in meinem Leben, dass ich nicht weiter plante, als von der Tapete bis zur Wand.

Normalerweise gehöre ich zu den Menschen, die einen Tag nach ihrer Geburt schon wissen, was sie in vierzig Jahren machen werden, wo und wie sie wohnen, was sie alles schon erlebt haben, mit wem sie verheiratet sind und wie viele Kinder sie haben. Ach ja und natürlich wie die Kinder heißen.

Aber diesmal war alles anders. Diesmal war ich absolut risikofreudig, obwohl ich gelinde gesagt mehr als untalentiert bin, was Heimlichkeiten und Lügen betrifft.

Mein Vater hatte früher immer zu mir gesagt:

„Kind, raub bloß nie eine Bank aus! Die Polizei wird schon vor deiner Haustür stehen, bevor du nach Hause kommst."

Der Tag des Abschieds von Ben kam näher und als er da war, war es einer der schwärzesten in meinem Leben.

Noch schlimmer war eigentlich nur der Tag, an dem ich vor acht Jahren mein erstes Auto, einen kleinen Fiat Panda in legoblau verschrotten lassen musste, weil mit ihm weiter zu fahren nur noch Gefahr für Leib und Leben bedeutet hätte. Der Schrotthändler, ein dicker kleiner Mann, trug unfreiwillig bauchfrei und präsentierte mir, als er in einer Ecke seines verrauchten Büros einen Schlüssel suchte, sein Maurerdekolleté. Obwohl ich durch meine in Tränen schwimmenden Augen kaum noch etwas sehen konnte, erkannte ich seine Poritze gestochen scharf, wodurch sich zu meiner Trauer noch ein Anflug von Übelkeit mischte. Er lächelte süffisant, als er mein verheultes Gesicht sah und probierte auf die ein oder andere schamlose Weise, mein Interesse für ihn zu wecken.

„Na Puppe", sagte er, als ich ihm mein Auto präsentierte und die Schlüssel gab. „Mami und Papi werden dir doch bestimmt schon ein neues Auto vor die Tür gestellt haben. Kein Grund, traurig zu sein."

Er grinste schief unter seiner braunen Ledermütze hervor und kniff mir in die Wange.

Ich spürte einen Brechreiz in mir aufkommen und das große Verlangen, ihm ins Gesicht zu kotzen, klärte so schnell wie möglich, was noch zu klären war und verließ fluchtartig den Schrottplatz.

Die nächste Bushaltestelle war zirka fünfzehn Minuten Fußweg entfernt und als ich das Gelände verließ, öffnete der Himmel alle Schleusen, die er hatte und es begann, in Strömen zu regnen. Man kann sich vorstellen, dass ich diesen Tag als einen der schlimmsten meines Lebens in Erinnerung behielt.

Als Ben ging, schüttete es genauso wie vor acht Jahren, als mich mein Fiat Panda verließ. Der Hof war voller Pfützen und ich rannte in Schlangenlinien vom Wohnhaus hinüber in den Stall, um mich ein letztes Mal von ihm verabschieden zu können. Völlig außer Atem kam ich im Stallgebäude an, in dem einige Schüler ihre Pferde putzten, um sie für die nächste Reitstunde vorzubereiten. Ben und Stefan standen im Eingang und unterhielten sich über Vor- und Nachteile verschiedener Bausubstanzen. Das große braune Stalltor stand weit offen, sodass der Wind hineinschlug und ich zu frösteln begann. Als Ben mich sah, erhellte sich seine Miene für den Bruchteil einer Sekunde. Dann wandte er sich wieder Stefan zu, der im Begriff war zu gehen, da er noch Heu abladen musste, bevor es gänzlich vom Regen durchnässt war.

Stefan schüttelte Ben die Hand zum Abschied: „Ben, alles Gute wünsch ich dir und komm gut nach Hause. Falls wir mal wieder was zu renovieren haben, kommen wir bestimmt wieder auf dich zu."

Bevor er ging, wies er mich an, die restlichen Pferde in den Stall zu holen und zu füttern, sobald ich Ben verabschiedet hatte.

„Aye Sir!", erwiderte ich mit gespieltem Gehorsam und führte meine Hand zum Gruß an die Stirn. Als er weg war, wandte ich mich Ben zu.

„Ja... Dann will ich mich auch mal verabschieden...", sagte ich zögernd.

Ben lächelte mich an und der Wind wehte durch die Stallgasse, nahm hier und da ein Häufchen Stroh mit auf seinen Weg, ließ es durch die Luft tanzen und unterstrich mit boshafter Kälte die Tragik dieser Szene. Ben nahm meine Hand und trat an mich heran.

„Es war mir eine Freude, für euch zu arbeiten."

Er drückte sie so fest, dass ich fürchtete, sie würde brechen.

Ich schluckte.

„Ja das war es für mich auch..."

Meine Hand immer noch in seiner gefangen.

„Vielleicht sehen wir uns ja mal wieder, Greta", schnurrte er in mein Ohr und fixierte mich dabei mit einer Intensität,

dass es sich anfühlte, als würde ich innerlich verbrennen.
Ich räusperte mich.
„Ja... äh... klar. Vielleicht... Wäre toll."
„Mach's gut!"
Er ließ meine Hand los und warf sich schützend die
Kapuze über den Kopf, bevor er in den Regen hinaus trat
und seinen Mitarbeitern bedeutete, in den Kleinbus zu
springen.
„G... G... Gute Fahrt...", stammelte ich hinterher, doch er
konnte mich nicht mehr hören. Er stieg in seinen Van,
schlug die Tür zu und startete den Motor.
Lange nachdem der Kleinbus mit der dunkelblauen
Aufschrift den Hof verlassen hatte, stand ich noch immer
im offenen Stalltor und starrte ihm hinterher. Das war es
also? Das sollte es jetzt gewesen sein? Drei Wochen lang
ließ er mich durchs Leben schweben und nun war alles,
was er mir noch zu sagen hatte ein *Mach's gut*?
Das war ja wohl eine bodenlose Frechheit. Vielleicht wäre
es wirklich das Schlauste gewesen, die ganze Schwärmerei
mit einem *Mach's gut* zu beenden und es dabei zu
belassen.
Aber es konnte ja auch wirklich niemand ahnen, wie sich
diese Geschichte weiter entwickeln würde...

3

Nachdem Ben weg war, stürzte meine kleine rosa Blümchenwelt um mich herum zusammen. Nichts war mehr so, wie es vorher war. Mich packte die pure Verzweiflung bei dem Gedanken daran, ihn nie wieder zu sehen. Ich musste etwas tun und konnte nicht tatenlos dasitzen. Ich überlegte hin und her, kam aber zu keinem Ergebnis. Sollte ich ihn anrufen? Mit welcher Begründung? Und dann? Was sollte ich sagen? Und vor allem, warum sollte ich mich überhaupt melden? Er hatte doch gesagt: „Vielleicht sehen wir uns ja mal wieder". Dann musste er sich doch auch darum kümmern, dass wir uns wieder sehen, oder nicht? Ich war hier überhaupt nicht diejenige, die aktiv werden musste. Das wurde mir langsam klar. Also wurde ich aktiv:

Ich begann, ihm Emails zu schreiben, die sinnvolle Inhalte wie „Welches Material eignet sich am besten, um eine Fassade zu dämmen?" oder „Woran erkennt man eigentlich, ob die Bausubstanz eines Fachwerkhauses noch intakt ist?" enthielten.

Ben, der anscheinend damals schon meine Gedanken erraten konnte, ließ sich nur kurz auf fachliche Korrespondenz ein und begann bald, über private Dinge zu schreiben.

Der 03. Mai war der verhängnisvolle Tag. An dem Abend, an dem mein Leben komplett aus den Fugen geraten sollte, saß ich mit meiner Freundin Luisa bei uns am Küchentisch.

Ben und ich schrieben uns schon den ganzen Abend SMS hin und her, sodass Luisa kurz davor war zu gehen, weil sie es sich nicht länger mit ansehen wollte, wie ich dümmlich vor mich hin grinsend nicht mehr wirklich dazu in der Lage war, an halbwegs normaler Konversation teilzunehmen. Andererseits war sie auch zu gerne Zaungast einer Geschichte, die nur in einem Drama enden konnte, als dass sie es wagte, zu früh das Feld zu räumen und wichtige Details zu verpassen. Wenn ich ihr die neuesten Neuigkeiten von Ben erzählte, hatte ich immer das Gefühl, sie würde sich tief in ihrem Inneren gespannt zurücklehnen, sich einen Eimer Popcorn schnappen und mit selbstgefälliger Miene zuhören.

„Ist irgendwie wie ein Unfall", sagte sie immer. Wie Recht sie damit hatte, wusste sie damals noch nicht.

Mein Handy vibrierte und Ben schrieb, dass er gleich Feierabend habe.

Auf meine Frage, was er denn jetzt mit dem angefangenen Abend noch so Schönes anstellen wolle, verschlug mir seine Antwort fast den Atem:

„Ich würde ja gerne mit dir ausgehen."

Oh mein Gott... Oh Gott, oh Gott, oh Gott! Das durfte nicht passieren!

Aber es war zu spät.

Bis jetzt war alles noch eine harmlose Flirterei gewesen. Ein kleines Püffchen, ein Strohfeuer, ein bisschen Zündeln. Mehr wollte ich ja eigentlich auch nicht. Ich wollte nur ein bisschen zündeln...

Oder?

Dieses Unterfangen schien sich langsam aber sicher zu einem kleinen Waldbrand zu entwickeln.

Okay. Es war noch nicht zu spät.

Man könnte das Feuer noch löschen. Die Frage war nur, wollte ich das?

Was wollte ich denn überhaupt?

Diese Frage sollte ich mir in den nächsten Wochen noch öfter stellen.

Denn anstatt den drohenden Waldbrand schnellstmöglich mit allem, was mir zur Verfügung stand, im Keim zu ersticken, fächerte ich lieber noch ein bisschen Sauerstoff in die Flammen und schrieb:

„Alles klar, Cowboy. Ich bin dabei. Wann und wo?"

Oh Gott, was tat ich bloß?

Luisas Augen fielen ihr vor Entsetzen fast aus dem Kopf, denn es war ja klar, was nun passieren würde. Obwohl sie Ben nicht kannte, wusste sie, dass er es dabei nicht belassen würde und wir nun einen entscheidenden Schritt nach vorne machten. Und so war es auch. Ben bestand darauf, dass wir uns in Braunschweig treffen, da er sowieso beruflich in der nächsten Zeit dort zu tun hätte.

Die Entscheidung stand also.

Wir würden uns treffen. Luisa sagte nichts mehr. Und auch ich konnte nicht mehr sprechen.

Ich musste erst mal hyperventilieren.

***

Luisa Wunder ist seit sieben Jahren meine Freundin. Sie ist eine außergewöhnliche Person: Schlau mit einem trockenen Humor und manchmal etwas launisch. Aber damit kann ich gut leben. So schnell wie sie mal schlecht gelaunt und zickig ist, so schnell ist sie auch wieder versöhnt.

Ihre neununddreißig Jahre sieht man ihr nicht an: Sie ist sehr hübsch und sehr schlank und hat sehr lange, sehr blonde Haare.

Sie ist schon lange Single.

„Wahrscheinlich bist du einfach zu hübsch", sagte ich einmal zu ihr. „Männer nehmen dir einfach nicht ab, dass du auch noch schlau bist. Und wenn sie es dann herausfinden, macht ihnen das Angst."

Nach ihrem Abitur studierte sie zunächst Medizin, spezialisierte sich dann auf Zahnmedizin und eröffnete nach ihrem Studienabschluss ihre eigene Zahnarztpraxis. Sie ist also nicht nur sehr attraktiv und schlau, sondern auch noch erfolgreich, denn die Praxis läuft bestens.

Ab und an nimmt sie mal einen Mann von einer Party mit nach Hause, um dann am nächsten Morgen festzustellen, dass sie ihn schnell wieder loswerden will.

Ihre letzte kurze Beziehung mit Olaf ist noch nicht lange her. Zwei Monate lang waren sie ein Paar, bis Luisa wegen chronischer Langeweile mit ihm Schluss machte.

Olaf war ein Langweiler vor dem Herrn.

Sein Tagesablauf bestand aus arbeiten, fernsehen, schlafen. Die Wochenenden waren bei ihm absolute Highlights, denn da beschränkte er sich auf fernsehen und schlafen. Luisa war so gelangweilt, dass sie ständig auf seinem abgewetzten braunen Ledersofa einschlief, wenn sie bei ihm war.

Der entscheidende Wendepunkt in ihrer Beziehung kam jedoch, als sie schließlich sogar beim Sex einschlief und erst wach wurde, als Olaf seinen Höhepunkt erreichte. Luisa muss sich so erschrocken haben, dass sie „Hilfe! Einbrecher!" rief und Olaf sich beleidigt mitsamt der Bettdecke vor den Fernseher (Wohin auch sonst?) verzog. An diesem Punkt schließlich stand Luisas Entscheidung, sich zu trennen, fest.

„Schlafen kann ich auch alleine", sagte sie zu mir.

Olaf war furchtbar traurig und wollte sie unbedingt zurück. Er schrieb ständig Emails und SMS, rief an, ließ einmal klingeln, legte wieder auf. Stand nachts vor ihrem Fenster und sang für sie *I will always love you*, während er mit seinen Händen Herzen in die Luft malte.

Luisa war total genervt.

Als dann endlich eine Woche Funkstille war, nervte Luisa das aber noch viel mehr.

„Vielleicht hat er ne Neue, die er langweilen kann", mutmaßte ich. „Sei doch froh, dass er dich nicht mehr nervt."

„Aber er soll mich nerven", gab sie zurück.

„Ich versteh dich nicht", erwiderte ich. Wobei ich sie insgeheim sehr gut verstand, denn irgendwie stehen wir doch alle auf ein kleines bisschen Drama in unserem Leben.

Dramen habe ich, seitdem ich Ben kenne, mehr als genug anzubieten. Aber der Reihe nach:

***

Wir trafen uns eine Woche, nachdem die verhängnisvolle Entscheidung getroffen wurde, in Braunschweig.

Oh, ich schlechter Mensch. Ich gewissenlose alte Kuh.

Ich wusste nicht, was ich mir dabei dachte.

Das Schlimmste war eigentlich, dass ich mir bis dahin gar nichts dachte. Ich dachte immer noch nicht weiter, als bis zu diesem Treffen.

Mir war alles egal.

Ich wusste nur eins: Ich musste Ben wiedersehen. Es ging einfach nicht anders.

Es ging nicht.

Als ich zum vereinbarten Treffpunkt kam, war er schon da. Er stand an seinem Auto und schaute mir zu, wie ich langsam zu ihm herüberging.

Oh verdammt, verdammt, was mache ich hier!

Seine dunklen kurzen Haare waren etwas zerzaust und als wir uns zur Begrüßung gegenüberstanden, musterte er mich aus seinen tiefbraunen Augen.

„Greta!", murmelte er.

„Ben..."

Wie in einem billigen Groschenroman standen wir gefühlte zehn Minuten voreinander und schmachteten uns an.

Im Geiste sah ich rosa Schmetterlinge durch die Luft fliegen und *Endless Love* vor sich hin flöten. Ein Feld voller bunter Blumen, die sich sanft im Wind wiegten, tat sich um uns herum auf und ein weißes Pferd schnaubte hinter Ben, der mit einer Krone auf seinem Haupt seine Angebetete anhimmelte und sie auf seine verzauberte Burg bringen wollte.

Als ich wieder zu Verstand kam, vernahm ich den Lärm der nahegelegenen Hauptstraße und ein paar Bauarbeiter, die sich obszöne Witze zuriefen und erinnerte mich daran, in welch verzwickter Situation ich mich eigentlich befand. Wir fuhren in die Stadt und spazierten durch die engen Gassen, vorbei an einigen Eisdielen, Geschäften und der Burgpassage. Ben ging so dicht neben mir, dass ich ihn riechen konnte und eigentlich schwebte ich mehr, als dass ich lief.

Glücklicherweise trug ich flache Turnschuhe, denn sonst wäre ich größer gewesen als er. Und es gibt nicht viel Schlimmeres, als eine Frau, die größer ist als der Mann, mit dem sie gerade einen Stadtbummel macht.

Das ist ungefähr genauso schlimm, wie wenn die Haare einer Frau kürzer sind, als die ihres Partners, oder der Rock deiner Erzfeindin auf der Abschlussparty kürzer ist als deiner und ihre Beine länger und obendrein auch noch schöner. Gruselig! Ein bisschen spießig bin ich ja schon manchmal.

Nachdem wir im *Café Zeit*, welches mitten im Herzen der Altstadt lag, etwas gegessen hatten, fuhren wir in einen nahegelegenen Park, setzten uns dort auf eine Wiese und genossen die Sonne. Zwei Heimatlose im Braunschweiger Prinzenpark, der um diese Uhrzeit nur von ein paar Muttis mit Kinderwagen und einigen Hundebesitzern besucht wurde. Eigentlich war ich ja zu dieser Zeit in der Uni.

Ben war in keiner Beziehung. Er und seine Exfrau Maria waren schon seit einiger Zeit geschieden, das wusste ich, somit hatten wir schon mal ein Problem weniger, jedoch immer noch genügend, um damit eine ganzes Stadion zu füllen.

„Was glaubst du, wie das alles hier weitergehen wird?", fragte Ben schließlich mit leicht ratlosem Gesichtsausdruck.

„Ich weiß es nicht", seufzte ich. „Was ist das hier überhaupt, was wie auch immer weiter gehen soll? Wir wohnen so weit voneinander entfernt.

Ich habe hier mein Leben, mein Studium. Mein Kind."
Ich schaute hoch und Ben direkt ins Gesicht.
Er wich meinem Blick aus und schluckte.
„Ich habe meine Firma in Hamburg. Mein Leben, meine
Freunde..."
Ich nickte. Zu viel mehr war ich in dieser Situation nicht
in der Lage.
Hätte ich unter normalen Umständen rhetorisch geschickt
meine Gedanken äußern können, so war ich jetzt
sprachlos wie ein Schulmädchen, welches vor der ganzen
Klasse Englischvokabeln aufsagen musste.
Denn in diesem Moment war nichts normal.
„Ich will dich wieder sehen, Ben."
„Und dann? Was ist mit Stefan?"
„Ich... weiß nicht. Ich brauche Zeit. Ich kann nicht mein
ganzes Leben mit allem, was dazu gehört, umkrempeln
und mich auf eine Beziehung mit einem Mann einlassen,
den ich überhaupt nicht kenne und der 150 Kilometer
entfernt wohnt. Und ich hasse Fernbeziehungen... Aber
ich muss dich wieder sehen!"
Und schon wieder war ich nicht dazu in der Lage, einen
klaren Gedanken zu fassen. Dass das Arschlochherz
neben der Artikulationsfähigkeit auch immer gleich noch
den Verstand mit ausschalten muss, halte ich für ziemlich
unfair. Aber so ist es nun mal.
Die Zeit war um und wir mussten uns verabschieden. Wir
gingen zu Bens Auto, die Hände fest ineinander
verschlungen, und wussten nicht vor und zurück.
Schließlich fragte ich: „Willst du mich küssen?"
Er schaute mich an. Erwiderte nichts.
Dann küsste er mich und fragte:
„War das Antwort genug?"

***

Ich war verliebt bis über beide Ohren. Wie ein achtzehnjähriger Teenager. Hörte nur noch kitschige Liebeslieder, entdeckte meine Leidenschaft fürs Autofahren, um dabei lauthals besagte Liebesschnulzen mitzugrölen - Herzschmerzschmacht in den Augen. Ab und an einen Blick in den Rückspiegel werfend, ob mein Gesicht auch herzzerreißend genug aussah für den Song, den ich da gerade mitjohlte.

Ich tanzte durch die Gegend, anstatt zu gehen. Nahm im Treppenhaus immer drei Stufen auf einmal und legte mich dabei regelmäßig lang, aber das war mir egal. Für mich schien die Sonne, auch wenn es regnete. In meinem Herzen war Sommer. Ich war verrückt nach Ben, nach seinen Küssen, seinem Geruch.

Wir telefonierten jeden Tag seit unserem ersten Treffen und es war so, als würden wir uns schon ewig kennen. Wir waren so vertraut miteinander und ich konnte das erste Mal genauso sein wie ich war, ohne das Gefühl zu haben, mich verstellen zu müssen, damit ich jemandem gefalle.

In meinen ehemaligen Beziehungen gab ich immer einen Teil von mir auf und passte mich mehr meinem Partner an, als dieser dies für mich bereit war zu tun.

An Stefans Leben zum Beispiel passte ich mich komplett an. Ich studierte zwar weiter, aber nur noch auf Sparflamme, um 99 Prozent meiner Energie in unseren Hof investieren zu können.

Oder auch an Jonas, einer meiner Verflossenen, wegen dem ich vor zehn Jahren meine alte Heimat Elmshorn verließ, um nach Braunschweig zu ziehen: Er liebte Fische, also kaufte ich mir ein Aquarium. Er stand auf Blondinen, also ließ ich meine Haare blondieren und wäre er Skispringer gewesen, hätte ich mir sicherlich von meinen Ersparnissen eine Ski-Ausrüstung zugelegt. Er hatte mich nicht dazu gedrängt. Keineswegs. Das alles habe ich aus freien Stücken entschieden. Genauso war es auch bei Stefan. Er hätte mich nie dazu gedrängt, etwas aufzugeben.

Aber sobald ich in einer Beziehung war, blieb von mir selbst oft nicht mehr viel übrig.

4

„Du bist hässlich!"
Mein Spiegelbild lacht mich spöttisch an, als wollte es
sagen: Du bist dreißig, alleinerziehende Mutter und Single
mit gebrochenem Herzen. Verarscht, verraten und naiv.
„So jemand kann nicht hübsch sein", fügt es verächtlich
hinzu, „schon gar nicht wenn man so einen hässlichen
Charakter hat wie du. Deine Nase ist zu groß, deine Brüste
zu klein, deine Daumen zu dick und deine Arme zu dünn!"
So ein boshaftes Spiegelbild heute. Es soll mal nicht
übertreiben.
An manchen Tagen gefalle ich mir eigentlich ganz gut. Ich
betrachte mich im Spiegel. Ich mag meine leuchtend
blauen Augen und meine halblangen schwarzen Haare.
Die Waage ist heute auch mein Freund, sie hat sich gerade
mit 58kg auf der Anzeige bei mir eingeschleimt.
Ich verstehe also gerade gar nicht, wieso mein Spiegelbild
heute so gehässig ist. Eigentlich bin *ich* immer diejenige,
die die Spiegel in meiner Wohnung mit beharrlicher
Missachtung straft. An Tagen, an denen ich morgens zum
Beispiel von meinem Spiegelbild mit einem zusätzlichen
Kopf im Gesicht empfangen werde und ich mir gerne eine
dieser braunen Papiertüten überziehen würde, wenn ich
das Haus verlasse. Da thront dann plötzlich ein
mittelgroßer roter Hügel mit einem kleinen gelben Punkt

in der Mitte an meiner linken Wange und lacht mich an. Wahlweise sitzt er auch, um der Geschichte etwas mehr Abwechslung zu verleihen, mal an der rechten Wange oder, um dem Ganzen die Krone aufzusetzen, auf dem schmalen Stückchen zwischen Mund und Nase. Das ist nun wirklich der Gipfel der Abscheulichkeit.

Igitt.

Keine Ahnung, woher die immer kommen. Meine Pubertät war, meines Wissens nach, mit knapp achtzehn beendet.

Meine Haare sind gerade mal wieder Schulterlang und mit einem schrägen Pony verziert, was aus einer blöden Ich-hab-mich-getrennt-ich-muss-zum-Friseur-Laune heraus entstanden ist.

Eigentlich liebte ich meine langen leicht gelockten Haare, mit denen ich ohne Probleme nur mit Schlüpfer bekleidet dem Postboten die Tür hätte aufmachen können, ohne ihm meinen blanken Busen zu präsentieren.

Aber jetzt ist es zu spät.

Extensions kann ich mir nicht leisten, also muss ich noch geschlagene zwanzig Monate warten, bis sie wieder so schön lang sind, wie sie mal waren.

„Hoffentlich steht dann nicht gerade wieder eine Trennung an", denke ich und bewege mich auf leisen Sohlen ins Wohnzimmer, um Jan nicht zu wecken, der schon friedlich in seinem Bett schlummert.

Noch sehen die bloß vier Möbelstücke in dem großen Raum ein wenig verloren aus. Ein kleines Ikea Regal, in dem sich einsam eine Hand voll Bücher aneinander lehnen, ist das erste, was einem auffällt, wenn man das Wohnzimmer betritt. Mein rotes Samt Sofa und eine weiß lasierte Vitrine zieren die Wand neben der Eingangstür und auf der gegenüberliegenden Seite befindet sich ein flaches Sideboard, das sich unter der Last meines schweren Fernsehers verdächtig nach unten biegt.

„Wenn ich mal wieder Geld übrig habe, werden die Möbel Zuwachs bekommen", denke ich, während ich eine CD einlege.

Ich mache mir eine Flasche *Hugo* auf, kuschele mich auf mein Sofa und hänge meinen Gedanken nach.

Der CD-Player spielt *Mit jedem deiner Fehler* von Philipp Poisel, was zur Folge hat, dass meine Gedanken mal wieder bei Ben und unserem gemeinsamen Fehler hängen bleiben:

***

Mai 2016

Trotz aller Bedenken sahen Ben und ich uns weiterhin regelmäßig.

Ich erfand die wahnwitzigsten Geschichten, warum ich unbedingt weg oder länger in der Uni bleiben musste.

Dass ich zusätzliche Seminare oder Extrastunden Klavierunterricht hatte...

Wir verbrachten eine Wahnsinnszeit miteinander. Völlig losgelöst von allem, heimlich, verboten und aufregend. Wir saßen stundenlang in Cafés und redeten, bis uns die Zungen bluteten, schlenderten Hand in Hand durch die Stadt, küssten uns im Regen an Bushaltestellen und hatten Sex im Wald.

Wir hatten ja kein zu Hause. Und ich glaube, diese extrem verbotenen Dinge zu tun führte dazu, dass ich mich wieder fühlte, als wäre ich achtzehn. Das Leben wirbelte mich durch die Luft und nahm mich mit auf dieser wilden Achterbahnfahrt.

Lediglich wenn ich zu Hause saß, schlug mein Verstand Purzelbäume und nicht mehr mein Herz.

Stefan, dem es natürlich nicht entging, dass mit mir eine Veränderung stattfand, wurde zusehends misstrauischer.

Ich erinnerte mich wieder an die Worte meines Vaters, als ich einmal wie ein Einbrecher durch unser Haus schlich, um mein Handy zu verstecken, auf dem zahlreiche nicht jugendfreie Nachrichten von Ben gespeichert waren. Stefan ertappte mich natürlich auf frischer Tat und fragte, warum ich eigentlich so schleiche, da doch niemand im Haus sei.

Ich fror mitten in der Bewegung ein und starrte ihn an, wie ein Reh auf der Landstraße im Scheinwerferlicht eines Autos.

„Ich... äh... mache Gymnastik", war meine Antwort und ich führte ihm auf Zehenspitzen einige unkoordinierte Bewegungen vor, die ihm versichern sollten, dass mit mir wirklich alles normal sei.

Dass er definitiv *nicht* glaubte, dass mit mir alles normal sei, las ich in seinen skeptisch dreinblickenden Augen. Nichtsdestotrotz nickte er meine armselige Darbietung ab und verließ den Raum.

Ich ließ mich unter zunächst erleichtertem Aufatmen aufs Sofa fallen und vergrub mein Gesicht in meinen immer noch zitternden Händen.

Ich wusste nicht mehr, wo ich hingehörte. Auch wenn ich wusste, dass Stefan durch seinen übertriebenen Alkoholkonsum unsere Beziehung immer wieder auf harte Proben stellte, brachte mich mein schlechtes Gewissen fast um.

Ich dachte immer, dass ich irgendwann mit halbwegs reinem Herzen sterben könnte.

Nun trug ich allerdings genau so wenig zur erfolgreichen Fortsetzung unserer Ehe bei wie Stefan. Ich wusste nicht mehr, ob ich ihn überhaupt noch liebte. Eigentlich lebte ich meinen Traum. Es war immer schon mein größter Wunsch, auf einem idyllischen Resthof zu leben und voll und ganz in der Versorgung der Tiere und der

Unterhaltung des Hofes aufzugehen.

Aber jetzt war ich an einem Punkt angelangt, an dem ich mich fragte, ob es wirklich das war, was ich für den Rest meines Lebens wollte. Und vor allem, ob ich es mit Stefan wollte.

Ich sah mein Leben komplett vor mir. Ausgebreitet auf einem silbernen Tablett serviert.

Je mehr Zeit verstrich, desto mehr begann ich zu zweifeln.

Ich zweifelte an meinen Wünschen, ich zweifelte an meiner Liebe zu Stefan die, wie es mir plötzlich vorkam, schon seit längerer Zeit irgendwo auf dem Weg und unter der ganzen Arbeit, die wir hatten, verloren gegangen war.

Was würde aus Jan werden? Wo würden wir wohnen? Wie sollte ich mein Studium alleinerziehend weiter finanzieren? Als Frau ist man ja in solchen Situationen gerne mal stolzer Besitzer der Arschkarte.

Aber was bringt einem ein Leben, das man nicht mehr führen möchte, nur weil man es finanzieren kann und jemanden hat, der sich mit ums Kind kümmert? Das ergibt doch alles keinen Sinn. Millionen von Menschen haben die Wahl und treffen aus Bequemlichkeit oder Feigheit die falschen oder gar keine Entscheidungen. Schlimm genug, dass es genügend Menschen auf der Welt gibt, denen keinen Wahl gelassen wird. Umso mehr grenzt es schon fast an Respektlosigkeit diesen Menschen gegenüber, wenn man, wo man doch selbst so oft die Wahl hat, sein Leben nicht in die Hand nimmt und das tut, was einen glücklich macht, auch wenn es vielleicht erst mal der anstrengendere Weg ist.

Je länger ich also über alles nachdachte, desto klarer wurde mir, dass ich mich entscheiden musste und damit eine Wahl getroffen hatte:

Ich verließ Stefan.

Ich war mir sicher, dass es zu jeder Beziehung dazu

gehört, darum zu kämpfen und Arbeit zu investieren und das tat ich auch in den ganzen Jahren. Wir hatten wirklich gute und auch schlechte Zeiten. Ich versuchte sieben Jahre lang, wahrlich eine gute Ehefrau zu sein. Auch, dass unser Sexleben im Laufe der Jahre auf der Strecke geblieben war, hielt ich für völlig normal. Immerhin ist es ein offenes Geheimnis, dass Frau nach mehreren Jahren Beziehung kein wirkliches Interesse mehr am Körper ihres Mannes hat und sich ihm mehr oder weniger aus reiner Güte zur Verfügung stellt.

„Man musste ja schließlich auch was in seine Beziehung investieren", dachte ich mir. „Und wenn es das ist."

Und überhaupt war mir Sex nie wichtig.

Was bei meiner besten Freundin Sophie fast zu einem Nervenzusammenbruch führte, als ich ihr in einem unserer langen und intensiven Gespräche über Männer mal sagte:

„ Ach Sex... Das ist doch eh immer das Gleiche."

***

Sophie ist meine beste Freundin auf der ganzen Welt.

Eine bildhübsche Frau mit kastanienbraunen schulterlangen Haaren und grünen katzenhaften Augen.

Sie trägt einen recht üppigen Busen mit sich herum, auf den sie sehr stolz ist, was mich, wenn ich neben ihr stehe, aussehen lässt, wie ein Frühstücksbrett mir aufgeklebten Erbsen.

Ich kenne sie schon, seitdem wir fünfzehn sind.

Wir hingen im gleichen Jugendzentrum herum und irgendwann machten wir auf einem Workshop zusammen Musik.

Über die zunächst ausschließliche Liebe zur Musik entwickelte sich zwischen uns eine tiefe Freundschaft, die auch jetzt, fünfzehn Jahre später und 230 Kilometer weiter auseinander, immer noch denselben Wert hat wie damals.

Wir verstehen uns blind, brauchen nicht zu reden, um zu wissen, was der andere denkt und fühlt, denn wir empfinden so gut wie immer genau das gleiche. Sophie blieb, als ich vor zehn Jahren aus Elmshorn weg zog, in unserer alten Heimat und machte ihre Leidenschaft zum Beruf, indem sie anfing in einem Musikladen zu arbeiten. Von ihrem Prinzen wurde sie mittlerweile gefunden und lebt nun schon seit mehreren Jahren in einer glücklichen Beziehung. Unterdessen hat sie ihren ehemaligen Job an den Nagel gehängt und bringt nun eine regionale Musik- und Kulturzeitschrift heraus, weswegen es auch keine Seltenheit ist, dass sie mehrere Dinge gleichzeitig erledigen muss.

Alles richtig gemacht, würde ich sagen.

***

Mit Ben erlebte ich den besten Sex meines Lebens. Er war quasi weltverändernd. Er stellte meine bisherigen Gedanken und Ansichten über Sex komplett in Frage. Jetzt, wo Stefan und ich getrennt waren, konnten Ben und ich guten Gewissens vögeln was das Zeug hielt. Und das taten wir auch.

Nicht dass Ben nur erstaunlich perfekt ausgestattet war, nein, er konnte auch noch ausgezeichnet mit allem umgehen, was ihm zur Verfügung stand. Ben zeigte mir, dass Sex leidenschaftlich und ungezügelt, aber gleichzeitig liebevoll und zärtlich sein kann. Mit ihm spürte ich, wenn unsere Körper sich umschlangen, ein so großes Verlangen und eine absolut tiefe Verbundenheit, die weit über das irdische Empfinden hinausgingen.

Und überhaupt war sowieso alles perfekt. Es fühlte sich an, als ob unsere Körper füreinander gemacht wären. Unsere Herzen schlugen im Einklang. Es war einfach vollkommen.

Alles!

Ich liebte seine Stimme, die klang wie eine Mischung aus der von Til Schweiger und Nicholas Müller, seinen Dialekt und seinen Geruch. Er sagte in den richtigen Momenten das Richtige. Sprach das aus, was ich dachte. Las mir jeden Wunsch von den Augen ab. Wir hätten eigentlich auch einfach gar nicht reden müssen. Er roch immer gut. Egal zu welcher Tages- und Nachtzeit. Egal wie lange er nicht geduscht hatte. Der Geruch eines Mannes ist eine unheimlich wichtige Sache finde ich. Man muss sich mal vorstellen, wie es wäre, wenn man jemanden kennenlernen würde, den man wirklich großartig findet, wenn er dann aber näher kommt (also so nah, dass man ihn riechen muss) plötzlich rote Alarmleuchten blinken und eine warnende Stimme ruft: „Holt die Gasmasken raus, bevor wir alle sterben!" In diesem Moment ist es doch schlagartig vorbei mit den Schmetterlingen im Bauch.

Alle erstunken.

Vergast.

Keiner regt sich mehr.

Die meisten Männer meiner Vergangenheit rochen gut. Jonas zum Beispiel roch immer ein bisschen wie ein frisch gewickeltes Baby. Oder Christian, mein erster Freund, roch nach einem wunderbaren Parfum, dessen Namen ich bis heute nicht kenne, aber immer wenn ich es in die Nase bekomme, sehe ich ihn sofort vor meinem geistigen Auge. Stefan... Stefan roch eigentlich auch gut. Nur leider roch er auch viel zu oft nach Alkohol.

***

Seit dreißig Jahren schaffe ich es, mich irgendwie durchs Leben zu schlängeln. Auch wenn es auf den ersten Blick den Eindruck erweckt, als dass ich besonders organsiert wäre: Diese Organisiertheit bezieht sich leider nicht auf meinen Alltag. Ich bin nicht besonders geschickt darin, meine Pläne in die Tat umzusetzen, sondern gehöre eher zu der Sorte Mensch, die planlos durch die Gegend laufen und aus Versehen den Menschen in der Schlange an der Kasse im Supermarkt auf die Füße treten.

Die im Schwimmbad natürlich erst nach dem Schwimmen in der Umkleidekabine bemerken, dass sie ihre Wechselunterwäsche vergessen haben und den Ölwechsel am Auto monatelang verschlampen, um dann mitten in der Nacht auf einer einsamen Landstraße liegen zu bleiben, weil das Fahrzeug kein Öl mehr hat.

Ich sitze in beachtlicher Regelmäßigkeit auf der Toilette, um zu spät zu bemerken, dass die Klopapierrolle leer ist und sich auch keine weiteren Rollen mehr im Vorratsschrank befinden, kriege jedes Jahr pünktlich eine freundliche Erinnerung vom Finanzamt, dass ich vergessen habe, meine Steuererklärung zu machen (und zwar die vom Vorvorjahr) und habe es tatsächlich auch schon geschafft, auf Socken zum Einkaufen zu fahren, weil ich vergessen habe, meine Schuhe anzuziehen.

Ich mache viel aus Versehen und vergesse viel.

Das mache ich natürlich auch aus Versehen.

Ich verliebe mich aus Versehen in die falschen Männer und vergesse dann gerne mal meinen Stolz, meine Moral und mein Gewissen.

Ich bewundere Menschen, die ihr Leben im Griff haben.

Das heißt, ich bewundere eigentlich jeden, denn ich glaube, jeder hat sein Leben besser im Griff als ich.

Trotzdem gelingt es mir, irgendwie durchzukommen. Wenn ich etwas mit Herzblut anfasse, dann erreiche ich auch meine Ziele.

Ich hatte zum Beispiel mal etwas mit einem berühmten Rockstar. Das war mein größter Traum, als ich achtzehn war. Ich wollte unbedingt eine Berühmtheit abgreifen. Jonas war Musiker. Okay, so richtig berühmt war er nicht. Er war der Bassist der Vorband von Reamonn und eigentlich stand ich total auf den Sänger.

Aber Jonas war derjenige, der im Anschluss meine Fan-Email beantwortete.

Es war keine dieser typischen Autoresponder Antworten wie:

Hallo liebe(r) Greta. Vielen Dank für deine Email. Wir freuen uns über dein Interesse und hoffen, dass dir unsere Musik gut gefällt. Schau doch mal auf unsere Homepage, da findest du weitere Tour Termine und unsere aktuelle CD kannst du dort auch gleich käuflich erwerben.

Nein, so war es nicht. Es war eine persönliche Mail in fehlerfreiem Deutsch, unterschrieben mit *Lieben Gruß Jonas.*

Ich bekam einen hysterischen Anfall und drei Monate und zahlreiche Emails später waren wir ein Paar.

Wir lebten drei Jahre lang zusammen, aber irgendwann war die Luft einfach raus. Wir trennten uns als Freunde. Diese Trennung habe ich daher sehr gut verkraftet. Im Gegensatz zu dieser hier:

5

Ich saß völlig unvorbereitet in meiner kleinen Küche, als das Telefon klingelte.

Der Wasserkocher rauschte und bereitete mich langsam darauf vor, dass ich gleich meine Fünf-Minuten-Terrine zubereiten konnte, als das Telefon klingelte und ich voller Vorfreude über den Namen, der auf dem Display erschien, eilig das Handy in die Hand nahm und in den Hörer säuselte: „Hallo Ben..."

Noch bevor er etwas sagen konnte, wusste ich, was los war. Es war so klar! Diese perfekte Verbindung konnte nicht ewig halten! Es war, als hätte ich die ganze Zeit auf genau diesen Moment gewartet. Auf genau diese Worte. Trotz dessen trafen sie mich wie ein Schlag:

„Greta, es tut mir leid. Wir können nicht zusammen bleiben."

Ich drückte das Handy in meiner rechten Hand so fest zusammen, als ob ich es zerquetschen wollte.

Das konnte nicht wahr sein.

Ben klang so, als wollte er mir eine Versicherung verkaufen und im Nachhinein weiß ich nicht mehr, warum ich so reagierte, aber meine erste Frage war, ob er betrunken sei.

Zunächst verstand er nicht ganz, was ich mit dieser Frage meinte, bis ich ihm in einem hysterischen Anfall, der wahrscheinlich sein Trommelfell platzen ließ, erklärte, dass es doch jetzt nicht sein Ernst sein könne, dass er alles, was wir haben, einfach so wegschmeißen wolle.

Das Rauschen des Wasserkochers hatte keine Chance mehr gegen mich.

„Greta, Baby...", begann er, doch kam nicht weit, denn mein hysterischer Anfall war noch nicht beendet.

„Was glaubst du eigentlich, wer du bist?", keifte ich in mein Handy. „Kommst hier vorbei, verdrehst mir den Kopf, bringst mein komplettes Leben durcheinander, um mir nach zwei Monaten zu sagen: „Ach übrigens Baby, ich habe es mir anders überlegt. Ich liebe dich doch nicht und ach... mit dir zusammen sein will ich eigentlich auch nicht mehr", oder was?"

„Jetzt beruhig dich doch, Baby!", unterbrach er mich.

„Denkst du, für mich ist das leicht? Glaubst du, ich bin heute Morgen aufgewacht und habe mir gedacht: „So, heute mache ich mal mit Greta Schluss"? Du weißt doch selber, dass ich hier nicht weg kann und du auch nicht umziehen wirst. Wo soll das enden? Willst du immer eine Fernbeziehung führen?"

Er japste durchs Telefon und es war das erste Mal, dass ich ihn wirklich aufgebracht erlebte.

„Immer? Was soll das denn heißen? Wir sind gerade mal zwei Monate zusammen und du fragst mich, ob ich *immer* eine Fernbeziehung führen will? Ich wollte von Anfang an gar keine Fernbeziehung! Aber ich habe mich drauf eingelassen! Ich habe alles aufgegeben für dich, Ben! Alles!"

Der Wasserkocher hatte mittlerweile seinen Job erledigt und es war nur noch ein leises Blubbern des kochenden Wassers zu hören. Sonst war es still. Zu still! und so langsam begann ich zu begreifen, was das alles wirklich bedeutete.

„Warum kannst du nicht mit mir zusammen sein, Ben?

Was ist der wahre Grund?", fragte ich jetzt leise.

„Ich… ich bin einfach noch nicht bereit dazu."

Seine Stimme war heiser. „Du weißt doch, dass ich noch nicht lange geschieden bin. Irgendwie geht mir das alles zu schnell. Es liegt nicht an dir, Baby. Du bist der Wahnsinn."

„So! Jetzt reicht‘s!", fiel ich ihm ins Wort. „Mehr Klischees kannst du gar nicht bedienen, Ben!"

Ich war außer mir.

Das konnte ja wohl nicht sein Ernst sein. Jetzt kam er mir tatsächlich mit der „Es-liegt-nicht-an-dir-Geschichte"?

Ich war so wütend! Und verletzt! Und enttäuscht!

Und… so traurig…

„Nun…", wimmerte ich, „wenn du meinst, das ist so richtig… Wenn du meinst, dass wir dann lieber jetzt alles wegschmeißen sollten, als erst mal abzuwarten…"

Ich wartete eine Sekunde, ob von ihm noch eine Antwort zu erwarten war. Es kam nichts mehr.

„Dann war es das also…" schluchzte ich heiser. „Mach‘s gut!"

Mit diesen Worten legte ich auf und es riss mir den Boden unter den Füßen weg.

***

Da war es also.

Das Gefühl der unendlichen Leere. Der tiefen, nie enden wollenden Trauer. Das Gefühl, dem ich schon vor Jahren geschworen hatte, in meinem Leben nie wieder begegnen zu wollen.

Ich heulte die nächsten 48 Stunden durch und verließ das Haus nur, um mit Nasemann Gassi zu gehen. Gott sei Dank waren Semesterferien und Jan mit meinen Eltern zusammen im Urlaub. Ein Kind versorgen hätte ich unter diesen Umständen auf keinen Fall gekonnt. Ich hangelte mich in der darauffolgenden Woche von einem Tag zum nächsten und verbrachte jeden Abend bei Luisa, telefonierte tagsüber stundenlang mit Sophie und versuchte, meinen Kummer zu lindern, indem ich allen, die es wissen wollten oder auch nicht, von meinem Herzschmerz erzählte.

Hätte ich nicht zirka sechzig Prozent des Tages damit verbringen können, Sophie am Telefon mein unendliches Leid zu klagen, wäre ich wahrscheinlich jetzt nur noch ein Schatten meiner selbst.

Es ist ja sowieso schon eine Frechheit, verlassen zu werden. Aber von der Liebe des Lebens verlassen zu werden, ist absolut nicht tragbar.

Ich brauchte einen Plan. Ich musste nach vorne sehen, damit mich mein Elend nicht erdrückte.

Also fertigte ich eine Liste an mit Dingen, die ich von nun an zu erledigen hatte.

Ich muss dazu sagen, dass es eine meiner eigentümlichen Eigenschaften ist, für alles und jeden auf der Welt Listen zu führen.

Ja, ich gebe es zu. Ich mache mir Listen mit Dingen, die ich noch einzukaufen habe, was ja nicht unnormal ist.

Ich mache aber auch Listen mit Dingen, die ich am nächsten Tag unbedingt zu erledigen habe. Wobei dort kein wichtiges Detail außer Acht gelassen werden darf, da ich es sonst unter all den anderen Dingen, die ich zu tun gedenke, vergessen würde, was nicht zuletzt daran liegt, dass ich ohne diese Listen, aufgrund meiner angeborenen Verwirrtheit gnadenlos aufgeschmissen wäre.

So sehen diese Listen von mir also beispielsweise an einem Samstag folgendermaßen aus:

- Pille nehmen
- Beine rasieren
- Brief zur Post
- Einkaufen
- Bad putzen
- Lieblings T-Shirt waschen
- Lieblings T-Shirt zum Trocknen aufhängen (ganz wichtig!!!)
- Duschen
- Schminken
- Anziehen
- Mit dem Hund gehen
- Geld, Kippen, Handy, Schlüssel einpacken
- Losfahren (wohin auch immer...)

Die Detailgenauigkeit ist äußerst wichtig für mich, damit keines von meinen Vorhaben auf der Strecke bleibt.

Aber wenden wir uns wieder meiner To-Do-Liste nach Bens und meiner Trennung zu:

Es gibt einige Dinge in meinem Leben, die ich bisher nicht gemacht habe, da ich von Hause aus ein Schisser bin. Dieser Schissinismus ist ein immer noch vorhandenes Relikt aus meiner Kindheit, denn in meinem Elternhaus wurde immer sehr darauf geachtet, dass mir nichts passierte und mir wurde schon in frühester Kindheit eingeredet, das Leben sei gefährlich und man könne daran sterben. Knapp dreißig Jahre lang habe ich streng nach dem Grundsatz „Vorsicht ist besser als Nachsicht" gelebt, was mich mit Sicherheit vor dem ein oder anderen Tod bewahrt hat, andererseits mir aber auch das ein oder andere tolle Erlebnis verwehrt hat. Da ich nicht nur Schiss vorm Sterben habe, sondern auch vor Schmerzen, hat das meine Aktivitäten in den letzten dreißig Jahren doch ein wenig eingeschränkt.

Das würde sich nun ändern. Ich begann also, meine To-Do-Liste zu verfassen mit Dingen, für die ich in der Vergangenheit zu feige gewesen war:

1.   Ich werde mich tätowieren lassen

Da Tattoos bekanntlich nicht mit Federn auf den Körper gemalt werden, fiel dies unter die Kategorie „Angst vor Schmerzen". Das war doch schon mal ein guter Anfang, um danach zu Punkt

2.   Ich werde mit einem Flugzeug fliegen

überzugehen, was schon eine Nummer härter war, denn dies fiel unter die Kategorie „Angst vorm Sterben" und sterben ist auf jeden Fall schlimmer als Schmerzen. Denke ich zumindest. Kommt auf den Schmerz an. Erst Schmerzen haben und dann sterben ist natürlich am schlimmsten, aber gut. Wenn ich das jetzt noch weiter ausführen würde, würde ich meine Liste gleich wieder wegwerfen, bevor ich sie überhaupt fertig gestellt hatte. Die nächsten drei Punkte auf meiner Liste fielen weder unter die eine noch unter die andere Kategorie, daher lies ich sie zunächst unkommentiert so stehen.

3.　　Ich werde einen One-Night-Stand haben
4.　　Ich werde eine berühmte Sängerin
5.　　Ich werde den Mann fürs Leben kennenlernen

Die Reihenfolge, in der ich die Liste abzuarbeiten gedachte, war nicht ganz festgelegt. Zweifelsohne würde ich erst ein Tattoo und einen One-Night-Stand haben, bevor ich ein berühmter Rockstar sein würde. Und wahrscheinlich auch, bevor ich die Liebe meines Lebens kennenlernte.

***

Als ich für mich beschlossen hatte, mein Leben nun endlich richtig in die Hand zu nehmen und mich meinen Ängsten zu stellen, nachdem ich schon einen entscheidenden Schritt gegangen war, nämlich für einen Idioten (!!!) mein bisheriges Leben komplett aufzugeben, begann ich wieder auszugehen, um Ben zu vergessen und um eventuell Punkt 3 meiner Liste zumindest schon mal grob anzupeilen.

Sophie besuchte mich übers Wochenende und wir gingen gemeinsam in meine neue Lieblingsdisco in Braunschweig, das *Roxy*. Dort waren tatsächlich einige leckere junge Männer unterwegs, was mich auf die Idee brachte, Ben ein bisschen dabei auf die Sprünge zu helfen zur Besinnung zu kommen, denn insgeheim hoffte ich immer noch irgendwie auf eine zweite Chance.

Sophie und ich fuhren nach einer langen durchgetanzten Nacht nach Hause. Die Sonne war kurz davor aufzugehen und es war einer dieser magischen Momente, die ich nur mit ihr erleben kann. Wir saßen nebeneinander im Auto und hörten *The Cure*. Genau die richtige Musik, um runter zu kommen, aber auch nicht gleich einzuschlafen. Während ich so neben ihr saß und sie betrachtete, war ich einfach nur dankbar dafür, dass es sie gab und für unsere Freundschaft. Sie ist der einzige Mensch, der immer sofort für mich da ist (so auch in diesem Moment, als sie sich spontan entschieden hatte, mich in dieser absurden Situation besuchen zu kommen, um mich abzulenken) und das ohne Wenn und Aber.

Sie bemerkte, dass ich sie ansah und lächelte. Ich weiß, dass sie in diesem Moment genau das Gleiche dachte. Nachdem wir zu Hause angekommen waren, schrieb ich Ben, dass ich es endlich geschafft hätte, mal einen Abend nicht an ihn zu denken, weil ich mich gut – von einem Mann - ablenken lassen hatte.

Das war natürlich alles erstunken und erlogen, aber ich brauchte eine Meldung von ihm und ich konnte sie nicht erbitten und erbetteln, sondern wollte hoch erhobenen Hauptes und stolz verkünden, dass er sich nicht einzubilden brauche, dass er der einzige Mann in meinem Leben sei.

Natürlich trug das Früchte. Der Löwe hatte seine Gazelle entdeckt, die nun davonzulaufen drohte, und er ging wieder auf die Jagd. Gleich am nächsten Tag rief er mich an, um mir mitzuteilen, er müsse mich unbedingt sehen. Natürlich nicht ohne zu fragen, mit wem ich denn die letzte Nacht so verbracht hätte. Da ich ja ungeschlagen unfähig bin zu lügen, eierte ich ganz schön rum und tischte ihm irgendeine Geschichte von einem fünf Jahre jüngeren Gitarristen auf, mit dem ich einen netten Abend verbracht hätte, aber weitere Einzelheiten wollte ich ihm dann doch nicht erzählen.

Ben belaberte mich, mit ihm nach Berlin zu fahren. Ein Wochenende. Nur wir beide. Im super Hotel. Ach wie schnell man doch wieder all seine guten Vorsätze über Bord wirft, wenn einem so ein Leckerchen vor die Nase gehalten wird. Ein Wochenende nur wir beide.

Ich muss allerdings zu meiner Verteidigung erwähnen, dass ich wirklich noch an eine Rettung unserer Beziehung glaubte, weshalb ich mich nach einem ganz kurzen Moment des Sträubens darauf einließ. Gegen alle Ratschläge von meinen Freundinnen natürlich, die mir prophezeiten, ich würde es bereuen.

Ich sah es als letzte Chance an. Entweder das würde klappen oder nicht. Und wenn es mit uns nicht klappen würde, dann würde ich seine Nummer löschen und ihn nie wieder anrufen. Nie wieder! Ich hatte ein gutes Gefühl, denn warum sollte er mich sonst zu einem Wochenende in Berlin einladen? Etwa als gute Freunde? Eher nicht. Außerdem war es die Aussicht auf ein tolles Wochenende mit ihm in Berlin, was mich dazu veranlasste, zuzusagen. Ich liebe Berlin! Und wie blöd wäre ich gewesen, wenn ich ein komplett spendiertes Wochenende nicht mitgenommen hätte.

***

Das Wochenende in Berlin war wie zu erwarten viel zu perfekt. Als wir uns gegenüber standen, erkannte ich sofort die Reue in seinen Augen und wusste, dass er sich für mich entschieden hatte. Es gab also keinen Grund, viel zu reden, wir gingen gleich zum Wesentlichen über. Im Hotel fielen wir übereinander her, als hätten wir uns 100 Jahre nicht gesehen. Wir haben gevögelt was das Zeug hielt, haben geredet, teuren Minibar Sekt getrunken und uns bestens verstanden.

Als es Abend wurde, verließen wir zum ersten Mal das Hotel und suchten uns einen Platz in einem kleinen Straßencafé.

Die Luft war immer noch warm und stickig. Ende Juli ist es in Berlin fast nicht auszuhalten, doch gegen Abend sank die Außentemperatur etwas und es wurde erträglich. Wir aßen Pizza und tranken Rotwein. Ich musste mich bereits anstrengen, um Ben noch mit meinen Augen fixieren zu können und nicht nur auf meine Nasenspitze zu schielen. Wein bekommt mir ganz und gar nicht. Ben hingegen wirkte völlig nüchtern.

Er plapperte munter vor sich hin und erzählte mir von seinen neusten Bauvorhaben. Sein Monolog endete mit dem Satz:

„Ich glaube, dass ich Maria immer noch liebe."

Mir fiel ein Stück Pizza aus dem Mund.

„Du… Du… Maria?", stammelte ich. „Deine Exfrau Maria?"

Ben kratze sich am Kopf.

„Ja, ach… Irgendwie… Ich weiß auch nicht."

Er schaute auf die Straße und dann in meine Augen.

„Meinst du, man kann zwei Menschen gleichzeitig lieben?"

Mir fielen fast die Augen aus dem Kopf und gleichzeitig schaffte ich es dennoch, die Stirn zu runzeln.

„Ich glaube nicht, dass man zwei Menschen lieben kann, es sei denn, der eine ist dein Partner und der andere dein Kind", stellte ich fest.

„Ich bin mir nicht sicher. Ich… ich liebe dich auch. Ich will dich nicht verlieren. Aber ich musste es dir sagen. Wem sonst kann ich es sagen, wenn nicht dir?"

Na herzlichen Glückwunsch. Das war ja nun wirklich der Hauptgewinn.

Ein Mann, der nicht weiß was er will. Und das sagt er mir auch noch ganz unverblümt mitten ins Gesicht. Respekt!

Der Mann, der nicht weiß was er will, führt übrigens die Liste der Dinge, die die Welt nicht braucht mit Abstand auf Platz eins an.

Erst viel später kommen Weltkriege, unfähige Politiker, automatische Zwiebelhackgeräte und Eierbecher mit integriertem Hämmerchen zum Schale aufschlagen.

Es ließ mich allerdings erstaunlich kalt. Vielleicht weil ich mittlerweile nach seiner letzten Offenbarung, als er am Telefon mit mir Schluss machte, mit allem rechnete. Vielleicht stand ich auch noch unter Schock, weil er die Frechheit besaß, mit mir ein romantisches Wochenende in Berlin zu verbringen, die Gunst der Stunde nutzte und mich nochmal flach legte, um mir dann – aber auch erst danach – zu sagen, dass er glaubt, er würde seine Exfrau noch lieben. Vielleicht sollte ich einfach aufhören, ihn zu lieben und anfangen, ihn nur noch für Sex zu nutzen. Denn der war ja, wie eingangs bereits festgestellt, weltverändernd. Warum sollte ich darauf verzichten? Mir war klar, dass das mit uns nie wieder eine Beziehung werden würde. Aber vielleicht musste es das auch nicht. Vielleicht könnten wir einfach befreundet bleiben und uns ab und zu mal treffen. Natürlich nur, bis er wieder in festen Händen wäre. Denn dafür - wenn auch das schon nur noch recht wenig ist – war ich mir dann doch zu schade. Die ganze Tragik der Situation hielt mich also nicht davon ab, am nächsten Tag noch mal mit ihm die Vorzüge unserer Körper ineinander zu genießen.

Im Verdrängen war ich schon immer besonders gut.

Selbst der Abschied fiel mir erstaunlich leicht. Ich fühlte mich leer, aber es war okay.

Von nun an würde alles besser werden. Ich würde endlich mein Single-Leben genießen und Dinge tun, die ich noch nie getan hatte, weil ich zu feige war. Ich kaufte mir ein paar schlaue Romane und wollte nie, nie mehr so sein, wie ich früher war. Ich wollte nie wieder einem Mann hinterher rennen. Nie wieder auf einen Anruf warten. Mich nie wieder verbiegen bis zur absoluten Selbstverleugnung, sondern einfach nur das tun, was mir Spaß macht.

Und irgendwann, so wusste ich, würde der Prinz vor meiner Tür stehen. Ich würde ihn nicht suchen müssen.

So telefonierten Ben und ich weiterhin regelmäßig, trafen uns ab und an und führten eine wirklich hervorragende, wie er es nannte „Freundschaft Plus". Es war keine reine Sexbeziehung. Das muss man ganz klar voneinander abgrenzen. Bei einer reinen Sexbeziehung trifft man sich wirklich nur, um den Akt der Lust miteinander zu vollziehen und dann trennen sich die Wege wieder.

Bei einer Freundschaft Plus führt man eigentlich eine Beziehung mit allem was dazu gehört. Oder in unserem Fall eine Fernbeziehung, nur dass man eben die Augen und Ohren weiterhin offen hält, denn es könnte ja sein, dass plötzlich der Prinz auf dem weißen Ross vor einem steht und einen Ring dabei hat.

6

Einen potenziellen Prinzen traf ich während dieser ganzen Freundschaft Plus Geschichte tatsächlich. Ich ging weiterhin aus und genoss mein Leben in vollen Zügen. Alles war perfekt.

Ich fühlte nicht mehr diese tiefe und innige Liebe zu Ben, die mich in dieser Situation kaputt gemacht hätte, nahm aber alles von ihm und seinem herrlichen Körper mit, was ich bekommen konnte. Auf der anderen Seite war ich frei und ungebunden und musste mir von niemandem ein schlechtes Gewissen einreden lassen oder vor irgendjemandem Rechenschaft ablegen.

So saß ich eines Abends mal wieder im *Roxy* und bemerkte, dass der zum Auffressen gutaussehende Barkeeper immer wieder das Gespräch mit mir suchte.

Es war nicht viel los im *Roxy*, denn unter der Woche konnten es sich nur Studenten und Arbeitslose leisten, sich die Nacht in einer Disco um die Ohren zu hauen.

Wir flirteten den ganzen Abend und eigentlich hat mich meine von immer wieder gebrochenen Herzen – also von *meinem* mehrmals gebrochenen Herzen – versaute Jugend gelehrt, dass man sich nicht mit Barkeepern oder DJs einlässt.

Zumindest nicht, wenn man eine ernsthafte Beziehung in Erwägung zieht.

Aber dieser Barkeeper hier war irgendwie anders. Natürlich. Jeder, den man kennenlernt, ist irgendwie anders.

Das ist naiv, aber wahr.

Er suchte immer wieder das Gespräch, streifte wie durch Zufall meine Hand, wenn er mir etwas zu trinken gab und je später der Abend wurde, desto rosafarbener wurde meine Brille, die ich nicht trug.

Er hielt sich sehr zurück mit zweideutigen Anspielungen, die eindeutig nichts anderes geheißen hätten als:

„Lass uns mal kurz auf dem Klo verschwinden" und war auch sonst sehr dezent und höflich.

Außerdem arbeitete er nicht hauptberuflich als Barkeeper, sondern verdiente sich nur ein Zubrot, denn seine eigentliche momentane Aufgabe war es, seine Doktorarbeit in Chemie fertig zu schreiben.

Ah ja. Doktorarbeit. Schluck.

Habe ich schon erwähnt, dass ich übrigens Lehramt studiere? Das, was man studiert, wenn man keine Ahnung hat, was man eigentlich studieren will.

Das, was man studiert, wenn der Intelligenzquotient für das Fachstudium leider nicht ausreicht.

Aber wen interessierte das.

Er wollte mit mir in Kontakt bleiben, gab mir seine Nummer und bat mich darum, mich zu melden, falls ich es nicht schaffen würde, am nächsten Wochenende wieder zu erscheinen. Denn dann müsse er auch wieder arbeiten und man könne sich ja dann treffen.

Alex, so hieß er übrigens und tut es auch immer noch, wenn er nicht zwischenzeitlich schon verstorben ist, passte – wie ich feststellte – genau in mein Beuteschema.

Er war etwas größer als ich, hatte dunkle Haare und dunkle Augen. Sehr sportlich und schlank. Aber nicht zu dünn. Und im Gegensatz zu Ben auch objektiv gesehen wirklich sehr, sehr gutaussehend.

Vielleicht zu gutaussehend.

Überhaupt, dachte ich mir insgeheim im Laufe der folgenden Woche, dass er ja eigentlich viel zu perfekt war.

Und dass es ja in der Vergangenheit nie so richtig mit Männern, die perfekt waren, funktioniert hat.

An mir blieben irgendwie immer nur die Pflegefälle hängen.

Stefan, der sich unter Alkoholeinfluss absolut nicht mehr unter Kontrolle hatte, wobei ihm auch schon das ein oder andere Mal die Hand ausgerutscht war; Ben, der anscheinend total Beziehungsgestört war und von den anderen will ich gar nicht reden.

Ich ging zumindest mit einem guten Gefühl nach Hause und schaffte es, durch Alex meine emotionale Bindung zu Ben etwas zu entschärfen. Aber auch anders herum gelang es mir durch die Anwesenheit von Ben in meinem Herzen, mich nicht zu sehr auf Alex zu fixieren.

Eine Win-win Situation nur für mich.

Alles lief gut.

Ich schrieb Alex, bevor ich schlafen ging, noch eine kurze belanglose SMS, damit ich auch sicher gehen konnte, dass er meine Nummer hatte und sich gegebenenfalls, wenn er denn gewollt hätte, auch hätte melden können.

Er tat es nicht.

Der nächste Samstag kam und ich war völlig am Ende mit meinen Nerven. Dabei hatte ich mir doch so fest vorgenommen, cool zu sein und mich nicht zu sehr auf Alex zu fixieren.

Das hatte ja gut geklappt.

***

Ich stand vor der Theke und sortierte gerade meine Gedanken, als Alex auf mich zukam.

Er begrüßte mich… neutral, wie jeden anderen Gast auch und fragte, was ich trinken möchte.

„Äh, genau", sagte ich. „Ich würde gerne was zu trinken bestellen. Und zwar einen, äh, Jim Beam Cola."

Alle meine vorher zurecht gelegten Sätze für diese Situation verließen fluchtartig meine Hirnwindungen.

Dabei hatte ich es in der letzten Woche mindestens 245 Mal in Gedanken – und ab und an auch vor dem Spiegel – durchgespielt. Hatte mir überlegt, was ich mache, wenn er mich zur Begrüßung in den Arm nimmt; hatte mir überlegt, was ich antworte, wenn er sagt, dass er sich freut, mich zu sehen.

Aber ich hatte mir *nicht* überlegt, wie ich reagiere, wenn er mich fragt, was ich trinken möchte.

Und jetzt besaß Alex die absolute Frechheit, mir durch seine für meine Begriffe viel zu zurückhaltende Begrüßung, alles zu versauen.

Das Gespräch war schnell beendet.

Er gab mir meinen Jim Beam Cola und ich verzog mich nach draußen in den Biergarten, wüste Beschimpfungen vor mich hin grummelnd.

Irgendwas lief hier nicht nach Plan.

Der Abend verlief wie ein Trauerspiel in fünf Akten. Alex hatte so viel zu tun, dass er mich kaum eines Blickes würdigte, verbrachte seine Pausen mit irgendwelchen ihm bekannten Leuten und meine Laune sank auf den Nullpunkt.

Ich wusste nicht, ob ich enttäuscht, verwirrt oder einfach nur stinksauer sein sollte. Was bildete der sich überhaupt ein? Gut, er gab mir im Laufe des Abends immer mal wieder ein paar Getränke aus, aber diese Geste roch auch mehr nach einem „Entschuldigung, ich hab mich irgendwie vertan letzte Woche", als nach echter Zuneigung.

Um zwei Uhr hatte ich die Nase voll und trat den Heimweg an. Ich suchte Alex draußen vor der Tür. Der Biergarten war voll und ich sah ihn erst, als ich schon fast an der Straße war.

Er stand mit zwei Kollegen an einem schmalen Stehtisch.

Ich straffte meine Schultern, atmete noch einmal tief durch und ging zu ihm. Als ich ihm auf den Rücken tippte, drehte er sich zu mir um und strahlte mich an. Ich verabschiedete mich mit den Worten:

„Ich hau jetzt ab!"

Kurz, knapp, schmerzlos.

Kein wehmütiger Blick, kein Geseier.

Die ganze Sache hatte sich für mich erledigt.

Seine Reaktion allerdings war mehr als widersprüchlich, wenn man ihr sein Verhalten des restlichen Abends gegenüberstellte.

Er nahm mich in den Arm und sagte:

„Es war mir eine Freude. Ich habe deine Nummer. Ich rufe dich an, wenn ich wieder mehr Luft habe."

Aha. Was war das denn für eine Masche?

Aber gut.

Ich erwiderte, dass es mich sehr freuen würde und dann war ich weg.

Ich muss ja zugeben, ich bin nach Hause geschwebt. Ich schwebe immer gerne schnell mal, um dann leider auch oft schnell und schmerzhaft wieder auf den Boden der Tatsachen zu fallen. Aber ich kann es nicht abstellen. Das ist mein verfluchtes eigensinniges Herz, was gerne mal Dinge im Alleingang erledigt und auf die Worte des Verstandes – welcher Verstand? – nur selten hört.

***

Ich liebe große Auftritte. Ja, ich liebe sie wirklich, nur leider bin ich selten dazu in der Lage, sie in die Realität umzusetzen. Meistens bin ich doch eher ein Feigling, der in einer Situation, in der ein großer Auftritt mehr als angebracht wäre, nur da steht mit offenem Mund und nicht mehr als ein „Äh... da... dä... äp!" heraus bekommt. Wobei, wenn ich mich recht entsinne, hatte ich mal einen großen Auftritt, als Stefan mich im ersten Jahr unserer Beziehung beinahe betrog. Es war wirklich nur ein Beinahe-Betrug, denn ich war rechtzeitig zur Stelle.

Es war auf einer Party und Stefan hatte sich mit seinen Freunden sinnlos mit Ouzo betrunken.

Er unterhielt sich schon den ganzen Abend sehr angeregt mit einer alten Schulfreundin, was ich zwar ausdauernd beobachtete, aber noch nicht für handlungsbedürftig befand.

Als die beiden dann aber in kurzen Abständen hintereinander in Richtung Toilette verschwanden und nicht wieder kamen, war mein Einsatz gefragt.

Ich folgte den beiden zu den Toilettenräumen.

Ich schloss die Tür hinter mir und es war schlagartig still um mich herum. Die Musik der Party war durch die geschlossene Tür nur noch als dumpfes Wummern zu vernehmen und mein Puls hämmerte so laut in meinen Schläfen, dass er diese Partygeräusche beinahe übertönte.

Ich entdeckte die beiden in einer Besenkammer (was für ein Klischee), dicht voreinander stehend in der Ecke.

Noch bevor es zu weiteren Annäherungen kommen konnte, war ich zur Stelle. Ich baute mich direkt hinter Stefan auf, packte ihn an der Jacke, schleuderte ihn gegen die nächstgelegene Wand und verpasste ihm eine gehörige Ohrfeige.

Dann rannte ich unter wildem Geschrei und Geheule zurück zur Party, bahnte mir meinen Weg durch die verwunderten Gäste, schwang mich auf mein Fahrrad und strampelte wie eine Irre in die Nacht hinein.

Ich muss sagen, dass ich in diesem Moment nicht wirklich nachgedacht habe.

Ich habe gehandelt.

Und dafür fand ich mich toll.

Noch Wochen später dachte ich voller Freude an diesen Abend zurück.

Nicht etwa, weil Stefan im Anschluss reuevoll Besserung gelobte und mir versicherte, dass er nur mich liebe und dass er nie wieder so viel Alkohol trinken würde, dass so etwas passieren könne - woran er sich bedauerlicherweise nicht gehalten hat.

Nein, weil ich so stolz auf mich war und von meiner eigenen Reaktion überwältigt.

Leider war dies auch der einzige bisher wirklich große Auftritt in meinem Leben. Alle anderen spielten sich eher in meiner Fantasie ab.

Zum Beispiel habe ich damals gedanklich, als meine Erzfeindin Sandra Wroblewski aus der Parallelklasse der Mittelstufe bei mir anrief und mich beleidigte und beschimpfte, ich hätte was mit ihrem Freund gehabt, zurück gebrüllt:

„Ja hab ich und er war verdammt gut! Allerdings müsste sein Penis noch ein bisschen wachsen. Und außerdem könntest du noch an deiner Blasetechnik feilen. Er hat sich nämlich bei mir beschwert, dass er bei dir nie kommt."

Stattdessen habe ich so was wie:

„Äh... Nein... Da muss ein Irrtum vorliegen... Ich war das nicht... Also... Ich... Äh... Ich..." gestammelt und da hatte sie schon aufgelegt.

Natürlich hatte ich nichts mit ihrem Freund.

Den Teufel hätte ich getan.

Aber ich hätte es sie gerne glauben lassen.

Mein nächster großer Auftritt, und das werde ich mir nicht nehmen lassen, denn dazu gefällt mir diese Vorstellung viel zu sehr, wird folgender sein:

Falls mich mal wieder jemand in einer Kneipe dumm von der Seite mit: „Hey, bist du alleine hier?" anspricht, werde ich erwidern: „Nein, alleine nicht. Ich bin mit meinem Freund Harvey, dem unsichtbaren Hasen, hier. Setz dich doch zu uns."

7

Bens und meine Freundschaft Plus Beziehung lief super. Nachdem wir uns schon einige Wochen nicht gesehen hatten, bestand er darauf, mich von Sophie aus Elmshorn abzuholen, die ich übers Wochenende besucht hatte. Er wollte gerne ein paar Stunden mit mir verbringen und mich dann in Hamburg zum Bahnhof bringen.

Ich hielt das für eine gute Idee. So konnte ich Fahrtkosten sparen und mir die Wartezeit bis zu Alex' Meldung versüßen, denn wer wusste schon was es bedeutete *wenn er mal wieder Luft hat*? Nächste Woche? Oder vielleicht doch eher nächstes Jahr?

Außerdem darf man ja auch nicht vergessen, dass ich frei und ungebunden und niemandem Rechenschaft schuldig war.

Sophie erzählte mir mal, dass sie in einem der zahlreichen Frauenromane, die wir verschlangen, gelesen hatte, dass dort eine junge Frau zu ihrer Freundin sagte: „Aber wenn ich immer die Zeit mit den falschen Männern verschwende, dann verpasse ich vielleicht den Richtigen."

Woraufhin ihre Freundin erwiderte: „Du sollst ja gar nicht den Richtigen verpassen. Aber wer sagt denn, dass du in der Zeit, während du auf ihn wartest, nicht mit den falschen Männern Spaß haben kannst?"

Das war wirklich weise.

Ich stelle sowieso immer wieder fest, dass man die echten Lebensweisheiten aus Frauenromanen erhält.

Kein Mensch braucht Lebensratgeber oder Selbsthilfebücher.

Wenn man ein Problem mit sich, seiner besten Freundin oder – wie in den meisten Fällen – mit Männern hat, liest man einfach einen guten Frauenroman und hat danach alle seine Probleme im Griff.

Naja, zumindest weiß man danach, dass auch andere oft die gleichen oder ähnlichen Probleme haben wie man selbst. Das ist in den meisten Fällen schon ein ordentlicher Trost.

Ben, Sophie und ich machten gemeinsam das Elmshorner Nachtleben unsicher und gingen ins *Holy*, eine Gothic Disco, in der Sophie und ich uns früher so oft die Nächte um die Ohren geschlagen haben.

Wir tanzten, bis uns die Füße bluteten und zwischendurch holte ich mir immer wieder Küsse von Ben ab, der uns den ganzen Abend fasziniert anstarrte. Gut, dass ich Sophie mit ihren Riesenbrüsten schon mal vorsorglich gebeten hatte, ein nicht zu weit ausgeschnittenes Top zu tragen. Ich weiß, das klingt bescheuert, aber ich sorge halt gerne vor. Nicht, dass Ben sie nun plötzlich auch noch attraktiv fand. Nach der ganzen „Ich-glaube-dass-ich Maria-immer noch-liebe" Geschichte, war ich mir da nicht mehr so sicher.

Am nächsten Tag fuhren Ben und ich gemeinsam nach Hamburg und nachdem wir dort, wie so oft, den weltbesten Sex des Jahrhunderts erlebten, zerfiel meine Traumwelt zum zweiten Mal in tausend Scherben.

Wir zogen uns an und er brachte mich zum Bahnhof, als er eine SMS von seiner Exfrau Maria bekam.

Flammen der Wut loderten in mir auf, doch ich beschwor mich:

„Bleib ruhig. Ihr seid beide ungebunden. Jeder kann machen, was er will."

Mehr oder weniger. Denn, als vor drei Wochen das Thema Freundschaft Plus zum ersten Mal zur Sprache kam, sagte ich Ben sehr deutlich, dass ich für jeden Mist zu haben bin, solange keine andere Frau im Spiel ist.

Ich schluckte meine Wut herunter und es schmeckte nach bitterer Galle.

Als wir im Auto saßen, fragte ich ihn, wie oft sie denn so Kontakt hätten, worauf er antwortete, das sei nicht oft und wenn dann auch nur wegen Belanglosigkeiten.

Jetzt wagte ich einen Schritt weiter, obwohl ich vor der Antwort mehr Angst hatte, als vor allem anderen auf der Welt.

„Und wie oft trefft ihr euch?"

Mit fiel es wie Schuppen von den Augen, als er antwortete: „So ein bis zwei Mal in der Woche."

Wie schaffte er es bloß immer, in solchen Situationen so gelangweilt selbstgefällig zu bleiben? Ich blieb äußerlich völlig unbeteiligt, während in Wirklichkeit mein Herzschlag aussetzte.

„Und was macht ihr dann so?"

„Wir schauen fern und meistens schlafe ich dann ein", erwiderte er.

Ich bemerkte, wie ich zu zittern anfing. Bloß nichts anmerken lassen.

„Und Sex?", fragte ich und war erleichtert, dass mir diese Worte über die Lippen kamen, ohne dass ich sie ihm ins Gesicht gespuckt hatte.

„Gar nicht", antwortete er knapp.

Und das sollte ich glauben.

Der Rest der Fahrt verlief schweigsam und ich kämpfte mit meinen Tränen. Die Sonne schien wie ein mieser Verräter, doch ich war froh, dass ich mir keine Ausrede einfallen lassen musste, warum ich eine Sonnenbrille aufgesetzt hatte. Während ich versuchte, meine Gedanken zu ordnen, meinte ich, durch die geschlossenen Fenster die Vögel zwitschern zu hören, die mich verspotteten.

Ich erinnerte mich an einen Song von einem Soundtrack, den ich mal vor Jahren gehört hatte:

Ein schöner Tag. Schade, dass Krieg ist!

Jetzt, fünfzehn Jahre später, erschloss sich mir endlich der Sinn dieses Titels.

Unser Abschied verlief glücklicherweise sehr knapp, da ich kurz davor war, meinen Zug zu verpassen.

Ich ließ es mir dennoch nicht nehmen, ihm zu sagen, was ich von ihm hielt: „Du bist echt das Letzte!", spie ich ihm entgegen und schüttelte mit dem Kopf, bevor ich ausstieg und zum Bahnsteig rannte.

Kaum war ich im Zug angekommen, konnte ich meine Tränen nicht mehr zurück halten. Was bildete er sich eigentlich ein? Natürlich hatte ich ihn nie danach gefragt. Aber er wusste genau, dass ich das alles nicht mitgemacht hätte, wenn ich von den Treffen gewusst hätte.

Wenigstens hatte er die Wahrheit gesagt. Das musste ich ihm ja zu Gute halten. Lügen konnte er genauso wenig wie ich. Zumindest, wenn man ihn direkt ansprach.

Aber trotz alledem bedeutete es jetzt das Ende unserer Beziehung, das Ende unserer Freundschaft Plus und ja, sogar das Ende unserer Freundschaft. Ich konnte nicht mit jemandem befreundet sein, der mich so hintergangen hatte. Ich fing wieder an zu heulen. Was für eine unglaubliche Frechheit. Und was für ein Idiot ich war, dass ich es nicht wusste. Klar, ich hatte es geahnt. Aber ich hatte es perfektioniert, das zu verdrängen. Wenn es etwas gibt, was ich gut kann, dann ist es unangenehme Tatsachen zu verdrängen, solange bis sie einem unausweichlich vors Gesicht gehalten werden.

Ich hatte die Augen verschlossen und mir gesagt, solange ich es nicht 100%ig weiß, gibt es für mich keinen Grund die Sache zu beenden.

Und eigentlich war der Plan – also mein Plan –, dass wir die Freundschaft Plus so lange durchziehen, bis mein Prinz auf seinem weißen Ross vor mir steht und ICH die Sache beende. Nun stand ich wieder da. Alleine, mit einem gebrochenen Herzen.

***

Während ich mit Nasemann Gassi gehe, kommt mir der Gedanke, dass Alex vielleicht auch einfach tot ist. Immerhin sind jetzt schon anderthalb Wochen vergangen, in denen ich nichts von ihm gehört habe. Was eine unerhörte Frechheit ist, in Anbetracht der Tatsache, dass er mir beteuerte, dass er sich melden würde, sobald er mehr Luft habe.

Ich komme zu dem Schluss, dass ein plötzliches Dahinscheiden Alex' der einzige Grund dafür sein kann, dass er sich bis jetzt noch nicht gemeldet hat und vor allem auch die einzige akzeptable Entschuldigung.

Strammen Schrittes gehe ich nach Hause. Sollen sie mir doch alle gestohlen bleiben, die Bens und Alex' dieser Welt. Es weiß doch sowieso keiner von ihnen zu schätzen, was für eine tolle Frau ich eigentlich bin.

Ich bin manchmal hübsch, habe eine gute Figur und darauf bin ich verdammt stolz, denn dafür reiße ich mir mächtig den Hintern auf. Ich bin häuslich, kann kochen, Wäsche waschen, Fenster putzen. Ich habe einen Sinn für Ordnung und Sauberkeit, aber nicht übertrieben.

Ich gehe gerne aus, genieße mein Leben, bin liebevoll und eine gute Liebhaberin – wie ich mir habe sagen lassen –, erfolgreich im Studium, schlau, musikalisch, gewitzt.

Ich bekomme eigenmächtig Nägel in die Wand, kann Regale aufhängen, sodass sie gerade (!!!) sind und kann Rasen mähen. Ich kann sogar den Fehler beheben, wenn der Rasenmäher nicht mehr läuft und das, ohne dass ich meinen Nachbarn um Rat fragen muss.

Was will Mann eigentlich noch mehr?

Am nächsten Morgen wache ich auf und lausche. Ich liege ganz still in meinem Bett und traue mich kaum zu atmen.

Das einzige was ich höre ist Nasemanns Schnarchen.

Der Möter – halb Mensch, halb Köter – schläft tief und fest.

Als Stefan und ich ihn vor sieben Jahren kauften, war er ein kleines Häufchen Elend, welches gerade so dem Tod von der Schüppe gesprungen war. Die Vorbesitzer waren nicht der Meinung, dass man Hundewelpen regelmäßig entwurmen muss und so war der kleine Kerl, als wir ihn zu uns holten, mehr tot als lebendig.

Eine Woche lang fuhren wir jeden Tag zum Tierarzt. Selbst dieser wusste nicht, ob Nasemann es schaffen würde. Dann endlich waren kleine Anzeichen der Besserung zu bemerken. Er wurde lebhafter, fing an zu fressen und entschied sich, zu leben.

Seit dieser Zeit weicht er mir nicht mehr von der Seite. Und so war es für mich klar, dass ich ihn nach der Trennung mit zu mir in meine neue Wohnung nehmen würde. Ich wollte nicht ohne den Möter leben.

Gut, er war hässlich. Das war nicht von der Hand zu weisen. Er sah eher aus wie ein Dingo als wie ein Hund.

Und manchmal, wenn er vor einem sitzt und einen anschaut, dann scheinen seine Augen größer zu werden, als sein Kopf ist. Dann sieht er aus, wie eine Mischung aus dem gestiefelten Kater aus dem Film *Shrek* und einem Gargoyle. Hunde sind echt super. Im Gegensatz zu Katzen. Katzen mag ich eigentlich nicht. Katzen sind hinterlistig und gemein. Holen sich Streicheleinheiten, wenn sie wollen, um einem im nächsten Moment eins in die Fresse zu hauen. Verziehen sich beleidigt, wenn man nach Hause kommt, und schauen arrogant aus der Wäsche, wenn man sie vom Sofa vertreibt.

Bei Hunden ist das anders. Sie feiern ein Willkommensfest, als wärst du zwei Wochen im Urlaub gewesen, wenn du wieder in die Wohnung kommst, nachdem du gerade den Müll raus gebracht hast.

Sie halten immer zu dir, egal wie schlecht dein Tag war und deine Laune ist oder wie leer dein Bankkonto.

Ja! Hunde sind aufrichtig und ehrlich und sie lieben dich bedingungslos. Immer!

Ich lausche immer noch. Ich weiß, dass ich nicht damit rechnen kann, eine Nachricht von Ben zu bekommen. Ich habe ihm schließlich sehr deutlich klar gemacht, dass unsere Beziehung beendet ist. Und außerdem will ich ja auch gar keine Nachricht mehr von ihm bekommen.

Es ist 7.20 Uhr. Mein Handy vibriert.

Ben.

Kurzzeitig setzt mein Herzschlag aus, um danach einen Hüpfer der Freude zu unternehmen.

Verdammt. Ich darf mich nicht freuen.

Ich tue es trotzdem.

Er schreibt mir, dass seine Großmutter aus Frankfurt einen Schlaganfall hatte und er sie besuchen fahren will.

Komm bloß nicht auf die Idee, mich zu fragen, ob ich mitkomme.

Aber das traut er sich nicht. Wie stumpf er ist. Oder wie schlau. Er weiß genau, dass ich nicht lange standhaft bleiben kann, wenn er mich mit Nachrichten penetriert.

Mein Herz ist so schwach.

Wir schreiben kurz ein paar SMS hin und her, dann wird Jan wach und kommt in mein Bett gekrabbelt. Was für ein schöner Tag.

8

Punkt 2 aus meiner Liste kann ich abhaken:
Ich habe meinen ersten One-Night-Stand.
Ganze dreißig Jahre alt musste ich werden, um diese
Erfahrung machen zu dürfen. Jetzt muss ich mich nur
noch tätowieren lassen, in ein Flugzeug steigen, Rockstar
werden und den Mann fürs Leben kennenlernen.
Ach, das ist doch ein Leichtes.
Jule und ich machten mal wieder das Braunschweiger
Nachtleben unsicher. Wir landeten in einem Independent-
Schuppen, dessen Gäste glücklicherweise alle um die
dreißig waren. Jule wollte zwar lieber ins *Candy Circus*,
doch ich konnte sie davon überzeugen, dass das
Durchschnittsalter der Anwesenden dort bei zwanzig
liegen würde und es doch viel besser sei, wenn sie sich
unter den Gästen jung fühlen würde, als wenn ich mich
alt fühlte. Daher wäre der Besuch dieses Ladens keine
gute Idee.
Gegen drei Uhr lernte ich Marc kennen.
Okay, kennenlernen ist vielleicht etwas übertrieben, wenn
man bedenkt, dass wir ganze drei Sätze miteinander
wechselten, bevor ich ihn mit zu mir nach Hause nahm.
Gerade bevor wir uns ins Bett legten, kam ich noch dazu,
ihn nach seinem Namen zu fragen. Er machte das Licht
aus (Licht aus!!!), riss sich die Kleidung vom Leib, kroch in
mein Bett und deckte sich zu.

Ernsthaft?

Jetzt liegt er neben mir und will vermutlich gleich zum Wesentlichen kommen, nachdem er schon so sportlich angefangen hat. Er küsst nicht überragend und ich gebe die Hoffnung auf guten Sex auf.

Okay, ich will auch nicht unbedingt *guten* Sex haben.

Klar, wäre das das I-Tüpfelchen gewesen. Die Kirsche auf der Torte. Aber eigentlich will ich einfach nur mal einen One-Night-Stand haben. Und Marc kam mir für dieses Vorhaben genau richtig.

Das Vorspiel ist, wie das Küssen schon voraussagte, mittelmäßig bis schlecht. Naja, schlecht ist übertrieben. An sich ist es okay. Er riecht gut. Meine Hand wandert tiefer und verharrt in Schockstarre.

„Oh mein Gott! Es ist ein Zahnstocher!", fährt es mir durch den Kopf.

Hat schon mal jemand einen Ikea Bleistift in der Hand gehabt? Diese kleinen braunen Dinger, mit denen man sich auf seinem Weg durchs Geschäft aufschreiben kann, in welchen Regalen, Fächern und Gängen, welche Bausätze für welche Möbelstücke zu finden sind?

Scheiße! Da wo sich eigentlich die Männlichkeit in ihrer vollen Schönheit und Größe kurz vor dem Moment des Beischlafs erheben sollte, „erhebt" sich ein Hauch von nichts.

Das kann ja heiter werden.

Männer dieser Welt, hört gut zu, hier kommt die bittere Wahrheit: Jede Frau, die sagt: „Es kommt nicht auf die Größe an", lügt. Es kommt verdammt noch mal sehr wohl auf die Größe an.

Das ist wie, wenn du richtig Hunger auf ein saftiges Steak hast, es vor dir auf dem Grill liegen siehst, dir das Wasser im Mund zusammen läuft, du herzhaft hinein beißt und dann feststellst: Es ist Tofu!

Dummerweise ist mir bisher niemand zwischen die Finger und zwischen die Beine gekommen, der so *perfekt* ausgestattet ist wie Ben! Da wird es schwierig, jemanden zu finden, der ihm das Wasser reichen kann.

Aber es ist ja mal wieder typisch, dass ein absolutes Gegenteil von gut bestückt ausgerechnet in meinem Bett landet.

Ich wusste es.

Eigentlich habe ich es ihm ja schon angesehen. Ein kleiner schmaler Mann mit blonden Haaren und einer großen Nase kann einfach nicht gut bestückt sein.

Ich könnte damit ja mal bei *Wetten, dass?* auftreten.

„Wetten, dass Sie es nicht schaffen, die Penisgrößen der zehn vor Ihnen stehenden Männern anhand ihres Aussehens zu schätzen?" Dabei müssten sich die Schätzungen allerdings auf die Parameter *dick, dünn, lang, kurz* beschränken. Ob krumm oder gerade ist egal. Das kann selbst ich nun niemandem ansehen.

Jonas war auch eher mittelmäßig bestückt. Aber so klein wie Marc, das war ja nun wirklich übertrieben.

„Ich fühl dich gar nicht", schnauft er.

„Ach nee! Echt? Nein! Wie kann das bloß sein?", denke ich, sage aber nichts, sondern warte, dass er fertig wird. Jetzt ist auch langsam mal genug.

Ich langweile mich.

Muss grinsen.

Gut, dass das Licht aus ist.

Ich habe einen One-Night-Stand. Und es wird definitiv bei dieser *one night* bleiben, schwöre ich mir. Vielleicht heißt es deshalb One-Night-Stand. Weil so was grundsätzlich immer so scheiße ist, dass man es unter keinen Umständen wiederholen will.

Klatsch!

Aua!

Seine Hand schlägt mit voller Wucht auf meinen nackten Hintern.

„Auch das noch", denke ich, „ein Schläger!"

Während ich darauf warte, dass er zum Ende kommt, wird mir klar, dass man eigentlich grundsätzlich immer Sex haben sollte, bevor man eine feste Beziehung eingeht.

Ich meine, jetzt nehmen wir mal an, ich hätte Marc anderweitig kennengelernt und wir wären ein Paar geworden. Und wir hätten *dann* erst das erste Mal Sex gehabt. Das wäre ein Grund für eine sofortige Trennung gewesen. Drum prüfe, wer sich längerfristig binden will.

Oder man fragt im Kennenlern-Gespräch einfach:

„Du sag mal, wie groß ist eigentlich dein Penis?"

Tja... Da ich unglücklicherweise diese Frage nicht gestellt habe, liege ich jetzt mit einem Ikea Bleistift im Bett.

Ich habe Sex mit jemandem, den ich nicht liebe und bin um eine Erfahrung reicher.

Er würde gerne noch länger bleiben. Doch mein Hals schnürt sich bei dem Gedanken daran, am nächsten Morgen neben ihm aufzuwachen, zu wie in einer Schlinge.

Also schlage ich vor, dass wir lieber noch ein bisschen reden könnten, bis wir wieder nüchtern sind und ich ihn nach Hause fahren kann. Als wir an seiner Wohnung ankommen, wird es bereits hell. Unser Abschied verläuft knapp, obwohl Marc mich ansieht, als würde er mich gerne ein letztes Mal küssen. Ich wende mein Gesicht ab und wünsche ihm eine gute Nacht.

Auf dem Rückweg scheint mir die aufgehende Sonne ins Gesicht. Im Radio läuft *Mr. Brightside* von *The Killers* und ich muss schreien! Ich fühle mich wild, frei und verwegen. Nummern getauscht haben wir.

Ich werde mich nicht melden.

***

„Warum rauchst du einfach?"

Die Stimme meines Sohnes reißt mich aus meinen Gedanken.

Mist, Mist, Mist! Erwischt!

„Äh... Ich rauche gar nicht", ist mein kläglicher Versuch, die Situation noch irgendwie zu retten.

„Aber da liegt doch eine Zigarette im Aschenbecher."

„Ja... Ja Genau. Die ist von... äh... Luisa." Verstohlen schiele ich zu dem Aschenbecher auf dem Tisch meiner kleinen hübschen Gartengarnitur und hoffe inständig, dass die Zigarette jetzt gerade in diesem Moment bitte aufhören möge zu qualmen.

„Manchmal haben wir ja Besuch, der raucht", sage ich, „und deswegen liegen hier auch ab und zu mal Zigaretten im Aschenbecher."

Ich werde langsam wieder sicherer.

Jan schaut mich verstohlen an, so als ob er sagen wollte: „Mama, ich hab dich total durchschaut. Aber denk du nur, dass ich glaube, dass es nur deine Freundinnen sind, die rauchen."

Egal.

Erst mal gibt er sich zumindest zum Teil mit meiner Aussage zufrieden.

Ich wende mich wieder meinem Buch zu, kann mich aber nicht so richtig auf den Inhalt konzentrieren.

Was steht da? „Populäre Musik ist schon seit Jahren fester Bestandteil des Musikunterrichts der Sekundarstufe I?"

Ja, bestimmt ist das so.

In einer Woche habe ich meine mündliche Bachelor-Prüfung. Und irgendwie will mir der Inhalt des Themas nicht so recht im Kopf hängen bleiben.

Ach, was soll es.

Bis in einer Woche habe ich noch genug Zeit, mich damit auseinander zu setzen.

Ich klappe das Buch zu und hänge meinen Gedanken nach. Seit er mir von seiner kranken Oma geschrieben hat, habe ich keine Meldung mehr von Ben bekommen. Es sollte mir egal sein.

Ja, sollte es.

Nein – es sollte mich sogar freuen. Denn ich habe ja was von „keinen Kontakt mehr" gefaselt. Zumindest dürfte er das aus meiner Aussage: „Du bist das Letzte" so verstanden haben.

Aber es freut mich nicht. Eigentlich sollte es meiner Meinung nach auch ganz anders laufen. Eigentlich müsste er mich mit Anrufen und Nachrichten penetrieren und ich mit gleichgültiger Nichtbeachtung reagieren.

Ja. Das wäre optimal.

Aber irgendwas läuft hier schon wieder falsch.

Mein Blick schweift durch meinen Garten. Es ist das Paradies. Ein kleiner Garten von 80qm. Perfekt, damit Kind und Hund zusammen toben können, aber nicht zu groß und somit nicht sehr pflegeintensiv. Es gibt keine Blumen, sondern nur ein paar Sträucher in den Ecken und ansonsten Rasen, der von einer kleinen Terrasse aus Waschbetonplatten unterbrochen wird. Gut, sie hätte auch gepflastert sein können, das wäre noch schöner gewesen. Aber ich will mich mal nicht beschweren. Es ist schon alles super. Zumindest was meine Wohnung betrifft. Der Kauf meiner kleinen Gartengarnitur war eine der letzten Amtshandlungen, die ich ausübte, als ich noch bei Stefan wohnte.

Und das Zusammenbauen übrigens auch.

Einen ganzen Nachmittag habe ich damit verbracht, den Tisch, die beiden Sessel und die Bank zusammenzuschrauben, und zwar alleine.

Ohne männliche Hilfe, denn Stefans Auftrag bestand daraus, derweil einige Bier zu trinken und mir mit schlauen Ratschlägen zur Seite zu stehen.

Noch ein weiteres Plus übrigens, warum ich eigentlich bei den Männern irgendwie besser punkten sollte: Gartengarnituren kann ich auch selbstständig zusammenbauen.

Aber wenigstens konnte ich die hübschen Möbel mitnehmen und musste mir für meinen Garten nichts Neues mehr kaufen.

9

7.15 Uhr. Mein Wecker klingelt und ich stöhne. Die letzte Nacht war kurz. Zu kurz, wenn ich daran denke, dass ich bis 2.45 Uhr mit Sophie telefoniert habe. Da lobe ich mir eine selbstständige Tätigkeit und Kinderlosigkeit.

Sophie wird sich wahrscheinlich gerade noch mal von links nach rechts drehen und sich wieder unter ihre Decke kuscheln, während ich Jan in seinem Zimmer schon wild herumräumen höre.

Ein allmorgendliches Ritual ist, dass er alle Spielsachen, die er auf die Schnelle erwischt, inklusive seiner Kuscheltiere aus dem Bett und seiner Bettdecke in eine große Kiste stopft und sich dann mit Sack und Pack und lautem Gepolter auf den Weg zu mir ins Schlafzimmer macht, um hier fein säuberlich alles wieder herauszuholen, seine Decke neben meiner zu drapieren, und dann zu mir ins Bett zu kriechen. Den Weg in mein Bett finden natürlich auch alle Spielsachen, die er mitbringt, sodass es bei uns morgens im Bett immer recht eng ist. Ich höre das Kratzen der Plastikkiste auf meinem PVC-Fußboden. Innerlich stelle ich mich schon mal darauf ein, gleich Ernie, Bert und einer Horde wildgewordener Plastikdinosaurier ins Gesicht zu schauen.

Und da ist er auch schon.

Große blaue Kulleraugen strahlen mich aus seinem weichen runden Kleinkindgesicht an, während er mit seinen mickrigen Freunden zu mir ins Bett krabbelt.

Seine Augen sind so blau, wie die Wände meines Schlafzimmers, stelle ich fest, als mein Blick durch den Raum schweift.

Er ist über und über mit maritimer Deko versehen.

In der Ecke steht ein großer weißer Holzkleiderschrank, neben dem Fenster zwei kleine weiße Kommoden und in der Mitte des Raumes mein großes Bett aus weiß lasiertem Holz. Mit vielen Möbelstücken kann ich nicht angeben, aber es reicht mir und ich mag es, wenn die Räume nicht so voll gestellt sind. Dafür hängt an der Wand direkt über dem Bett ein riesengroßer Druck von einer Düne, über die einer dieser wunderschönen Holzstege runter zum Strand führt.

Dahinter die Nordsee.

Schon beim bloßen Anblick dieses Bildes kann ich das Klopfen und Klackern hören, welches die Schuhe auf den Bohlen des Steges verursachen, kann die Mischung aus Meeressalz und imprägniertem Holz riechen und das Meer rauschen hören.

Ich liebe die Nordsee.

Sie ist wild, unbeständig und leidenschaftlich. Ganz nach meinem Geschmack.

Mit Stefan war ich nie an der Nordsee. Geschweige denn an irgendeiner anderen See.

Der einzige See, den wir gemeinsam aufsuchten, war ab und an der nahegelegene Baggersee im Nachbardorf.

Die Unterhaltungen Jans kleiner Freunde werden immer lauter und ich bemerke, dass es Zeit ist aufzustehen. Also werfe ich ihn aus dem Bett und mache Frühstück. Aus dem Kühlschrank schaut mir vorwurfsvoll eine gähnende Leere entgegen, was mir unmissverständlich in

Erinnerung ruft, dass ich einkaufen muss.

Ich schütte mir Kaffee in meine Tasse und quetsche die letzten Tropfen Milch aus der Tüte. Dann bestücke ich Jans *Winnie Pooh* Brotdose mit kleinen Apfelstückchen und einem Müsliriegel. Während er sich anzieht, mache ich mir eine Liste mit Dingen, die wir unbedingt brauchen, schlüpfe in meine Turnschuhe, scheuche das Kind ins Auto und fahre los.

Auf dem Rückweg vom Kindergarten halte ich beim Edeka Markt im Nachbardorf.

Als ich auf die Käsetheke zusteuere, sehe ich, dass Moritz, mein Lieblingskäseverkäufer, heute arbeitet. Er sieht mich schon von weitem, lacht und winkt mir zu.

Moritz arbeitet seit drei Jahren hier und immer, wenn ich an der Käsetheke halt mache, nehmen wir uns Zeit für einen kurzen Plausch.

Der Tag unserer ersten Begegnung wird mir immer in unangenehmer Erinnerung bleiben.

Es war vor zwei Jahren.

Stefan, Jan und ich waren gemeinsam beim Osterfeuer im Nachbardorf. Für die Kinder hatten sie Marshmallows vorbereitet, die sie auf Stöcken aufspießen und übers Feuer halten konnten.

Jan und ich hockten am Feuer mit unseren Marshmallows am Stock, Moritz stand mit seiner Freundin knapp zwei Meter neben uns. Ich unterhielt mich so angeregt mit Stefan, dass ich meinen Marshmallow völlig vergaß und er zu brennen anfing. In wilder Panik sprang ich auf, schrie und fuchtelte so lange mit dem Stock in der Luft herum, dass sich der brennende Marshmallow löste und mir geradewegs in die Haare flog.

Stefan starrte mich aus weit aufgerissenen Augen an, Jan fing an zu heulen und der einzige, der halbwegs geistesgegenwärtig reagierte, war Moritz, der mit einem

Schritt bei mir war und mir beherzt den Inhalt seines Bierbechers über die brennenden Haare schüttete.

Als ich ihn ein halbes Jahr später bei Edeka an der Käsetheke wiedertraf, musste er schon lachen, als er sah, wie ich den Laden betrat.

„Na, heute schon mit brennenden Marshmallows jongliert?", fragte er damals und ich bedankte mich erneut artig und mit roter Birne für seine lebensrettenden Maßnahmen.

Auch heute strahlt er bis über beide Ohren, als ich fünf Scheiben Gouda und sechs Scheiben Edamer bestelle.

„Was ist los? Du scheinst ja besonders gute Laune zu haben?", frage ich ihn.

Er beugt sich zu mir über die Theke.

„Anika und ich werden heiraten."

„Wow!" Ich freue mich für ihn. „Herzlichen Glückwunsch. Das ist ja super. Habt ihr schon einen Termin?"

„Ja, es wird der 13. November sein."

„Ausgerechnet der 13", stelle ich fest.

Seine Augen blitzen.

„Ich wollte das so. Dreizehn ist meine Glückszahl."

Ich muss schlucken.

„Meine auch", sage ich erstaunt. „Vielleicht hätte ich auch am 13. heiraten sollen, dann wäre ich jetzt nicht schon wieder getrennt."

„Ach Gretalein", erwidert er tröstend. „Meinst du, wenn du am 13. geheiratet hättest, wäre Stefan ein anderer Mensch geworden? Meinst du, dann hättet ihr besser zusammen gepasst?"

Ich sehe ihn an.

Er ist vielleicht einen Zentimeter größer als ich, wenn überhaupt, und hat dunkelbraune Augen, die sich hinter einer viereckigen Brille verstecken.

Die Haarfarbe kann ich unter der Käseverkäufermütze nur erahnen und auch damals beim Osterfeuer war es zu dunkel, um Genaueres erkennen zu können. Ich schätze sie auf sehr dunkelblond.

„Natürlich hast du Recht. Ich wollte nur ein bisschen in Selbstmitleid schwimmen", sage ich grinsend.

„Klar habe ich recht", bestätigt er. „Ich bin mir sicher, dass du die richtige Entscheidung getroffen hast", versucht er mich aufzumuntern.

„Dessen bin ich mir allerdings auch sicher", sage ich und lege die verpackten Käsescheiben in meinen Einkaufswagen. „Ich muss los. Alles Gute für eure Hochzeit."

„Danke, aber wir sehen uns bestimmt vorher noch. Bis November ist es ja noch ein bisschen hin."

Wir verabschieden uns und ich gehe zur Kasse.

Moritz ist echt ein netter Kerl, mit dem ich jederzeit über alles reden könnte. Aber wie das immer so ist mit den netten Kerlen, sind sie schon vergeben oder schwul.

***

Ben macht sich rar. Ich könnte heulen, ihn in der Luft zerreißen vor Wut, sämtliche Gegenstände, die mir in die Hände fallen, an die frisch tapezierte Wand werfen.

Oh ich hasse ihn, ich hasse ihn, ich... vermisse ihn so.

Seit acht Tagen habe ich nichts mehr von ihm gehört. Und ich Weichei halte ich es kaum noch aus, mich nicht bei ihm zu melden. Irgendwie ist meine Angst zu groß, dass er sich dann auch gar nicht mehr meldet.

Er ist wirklich der größte Idiot der Welt.

Millionen Männer dieser Erde würden sich mir zu Füßen schmeißen, wenn ich ihnen angeboten hätte, dass wir eine lockere, offene Beziehung führen könnten, ohne

Verpflichtungen, mit jeder Menge Sex und Schmetterlingen im Bauch. Und das nicht, weil ich so eine unheimlich attraktive und begehrenswerte Frau bin.

Nein, weil es einfach der Traum eines jeden Mannes ist, so ein Angebot zu bekommen.

Und Ben? Was macht er? Er bekommt den Hals nicht voll.

Er muss unbedingt nebenbei noch anderweitig rumstochern.

Ihm reicht das nicht.

Nein, er will sie alle haben.

Ich, Greta Meusel bin eine stolze, unabhängige, selbstbewusste und manchmal hübsche junge Frau, genieße mein Single-Leben und im Grunde meines Herzens bin ich ein Häufchen Elend, was sich nichts sehnlicher wünscht, als die Liebe ihres Lebens zu finden.

Das ist doch immer so: Man will immer das haben, was man nicht hat, und ist nie mit dem zufrieden, was man besitzt.

Wenn du lange Haare hast, lässt du sie abschneiden, um dann zwei Wochen später festzustellen, dass du lieber wieder eine lange Mähne hättest. Wenn du einen Rock trägst, willst du lieber eine Hose tragen, trägst du eine Hose, willst du lieber einen Rock. Lebst du in einer Wohnung, willst du ein Haus, beziehst du ein Haus, ist es dir zu groß und du wünschst dir deine Wohnung zurück.

Genauso ist es mit der Liebe.

Wenn du in einer Beziehung bist, willst du die Vorzüge des Alleinseins genießen können und beneidest jede Singlefrau um ihre Unabhängigkeit. Wenn du aber Single bist, hast du nichts Besseres zu tun, als hinter jeder Ecke die Liebe deines Lebens zu erahnen, mit der du endlich ein Haus in einer hübschen Kleinstadt mit einem hübschen Vorgarten und einem weißen Gartenzaun, zwei Kindern und einem Hund beziehen kannst.

Ich beschließe, dass ich shoppen muss. Und zwar sofort. Ich brauche etwas für meinen Seelenfrieden. Ich brauche neue Schuhe.

Genau!

Schuhe, die so hochhackig sind, dass ich sie bei einem Treffen mit Ben nie tragen könnte, weil er dann fünf Zentimeter kleiner wäre als ich.

Was für ein guter Plan.

Ich stecke Jan ins Auto und fahre nach Wolfsburg in die *City Galerie*. Ich freue mich darauf, dass Wolfsburg eine autofahrerfreundliche Stadt ist und man nicht, wie in Braunschweig mit 1000 Einbahnstraßen rechnen muss, die tückischerweise an jeder Ecke auftauchen und konsequent erst am anderen Ende der Stadt enden – ohne Fluchtwege natürlich.

Nein, Wolfsburg ist geprägt von breiten Straßen und übersichtlichen Kreuzungen. Außerdem ist die Stadt mit jeder Menge Wegweisern ausgestattet, sodass man sich – eigentlich – gar nicht verfahren kann.

„City Galerie" steht auf dem vor uns liegenden Schild, da muss ich hin. Ah ja. Geradeaus.

Ich biege an der Kreuzung links ab, um dann gleich wieder rechts ins Parkhaus zu fahren, denn ich weiß, dass dieser Weg kürzer ist, als wenn ich den Wegweisern folge. Nachdem wir einen Parkplatz gefunden haben, gehen wir zum Treppenhaus.

Links neben der Eingangstür hängt ein großes Schild mit allen hier vorhandenen Geschäften. Geschäfte?

Mit leicht irritiertem Gesichtsausdruck lese ich:

„Anwaltskanzlei, Zahnarzt, Büroräume der Firma XY"

Oh mein Gott, es gibt keine Geschäfte mehr. Sie müssen alle pleite sein.

Ich stehe wie vom Donner gerührt vor dem Schild, als es mir langsam dämmert…

Das ist gar nicht die *City Galerie.*

Das ist das Gebäude *neben* der *City Galerie* mit Arztpraxen, Anwaltskanzleien und Büroräumen.

Heilige Scheiße, das darf ich nun wirklich niemandem erzählen.

Meine Güte, wie blöd muss man eigentlich sein?

Vorsichtig nehme ich Jan an die Hand und drehe mich um. Bloß jetzt nicht auffallen.

Gott sei Dank sind wir alleine und so machen wir uns auf die Suche nach dem Kassenautomat.

Ich bin Realist genug, um zu wissen, dass selbst diese paar Minuten parken nicht umsonst sein können.

Wir irren im Parkhaus umher. *Ah ein Schild,* „Kassenautomat".

Doch weit gefehlt. Denn dort, wo der Kassenautomat eigentlich sein soll, steht ein weiteres Schild „Kassenautomat 50m vor dem Ausgang rechts".

Wollen die uns verarschen?

Ich denke kurz, wir sind bei *Verstehen sie Spaß* gelandet und nachdem wir minutenlang im Parkhaus herumirren und kein Kassenautomat in Sichtweite gerät, dämmert es mir langsam: Wir befinden uns in einem Horrorfilm!

Allein im Parkhaus - Teil 2!

Irgendwann gelingt es mir tatsächlich die Aussagen der Schilder zu kombinieren:

Der Ausgang ist nicht auf dem 2. Parkdeck, wo wir uns befinden, sondern unten im Erdgeschoss.

So was können die auch gleich sagen.

Also rein in den nächsten Fahrstuhl.

Würde mich nicht wundern, wenn der jetzt auch noch stecken bleibt.

Aber ab da läuft alles – wider Erwarten – wie am Schnürchen.

Nachdem wir das Parkhaus verlassen, zehn Minuten unseres Lebens verschwendet haben und einen Euro ärmer sind, sehe ich auch das Schild zur richtigen *City Galerie*.

Diesmal treffe ich keine eigenmächtigen Entscheidungen mehr, was den Weg betrifft.

10

„Ich glaube, er hat kein Interesse mehr an dir."
Luisa schaut mich etwas verunsichert an, während diese Worte ihren Mund verlassen. Wahrscheinlich erwartet sie, dass ich gleich wahlweise in Tränen ausbreche oder ihr an die Gurgel gehe.
An die Gurgel gehen würde ich ihr tatsächlich gerne. Und in Tränen ausbrechen noch dazu.
Sie kann mir doch nicht einfach diese niederschmetternde Erkenntnis vor den Kopf knallen. Es mag ja vielleicht die Wahrheit sein. Aber die Wahrheit will ich von meiner Freundin nicht hören. Von meiner Freundin will ich verbal bepuschelt werden. Ich will hören, dass es bestimmt sehr triftige Gründe dafür gibt, warum Ben sich immer noch nicht meldet.
Ich will von ihr hören, dass es höhere Gewalt ist. Dass sein Handy durch einen vom Himmel fallenden Gesteinsklotz zerschlagen wurde und es deshalb nicht mehr betriebsfähig ist. Oder meinetwegen auch Ben selbst Opfer einer solch tragischen Laune der Natur wurde.
Aber doch nicht so was wie die Wahrheit.
Wenn ich die Wahrheit hören will, dann schaue ich Nachrichten oder den Wetterbericht oder lese mein Tageshoroskop.

Eigentlich schätze ich Luisa für ihre ehrliche und lockere Art.

Aber heute nicht!

Ich schlürfe gedankenverloren meinen Cocktail und schaue mich in der Bar um. Das Angebot an Männern heute erinnert mal wieder stark an die Sonderangebote vom Aldi, die man auf dem Grabbeltisch direkt neben der Eingangstür findet. Liegengebliebene Reste, die keiner mehr haben will. Versehen mit gelben Klebeetiketten und einem roten dick gedruckten Sonderpreis. Die Verpackung schmierig und abgewetzt von den vielen Händen, die sie angefasst, hochgehoben und wieder fallen gelassen haben. Die Bar ist klein und gemütlich und trotzdem finden hier viele Menschen Platz. Jede noch so kleine Ecke ist mit Tischen ausgestattet, die fast restlos besetzt sind. Hier und da hängt ein beleuchtetes Bild an der Wand und die Tische sind liebevoll mit Blumen und Teelichtern dekoriert.

Antonia, die Besitzerin der Bar, ist bekannt für ihre Liebe zum Detail und die besten Sandwiches im Umkreis, weswegen man hier auch am Wochenende häufig schlechte Karten hat, wenn man einen freien Platz sucht.

„Vielleicht hast du Recht", sage ich. „Es scheint so, als ob Ben, jetzt wo er weiß, dass ich mich mit ihm nicht mehr treffen werde, auch keinen Sinn mehr darin sieht, sich bei mir zu melden. Tolle Freundschaft."

Luisa steckt sich ein Stück Sandwich in den Mund.

„Pfft... Freundschaft...", sabbert sie.

„Als ob das zwischen euch jemals Freundschaft sein könnte. Männer und Frauen können keine Freunde sein. Das solltest du spätesten seit *Harry und Sally* wissen", philosophiert sie und wischt sich die Remouladensauce aus dem Mundwinkel. „Du solltest dich ablenken. Such dir jemanden zum Spaß haben.

Völlig ohne Gefühle, nur Spaß. Was ist denn mit diesem Barkeeper, Alex?"

„Alex? Ernsthaft? Wer bitte ist Alex?"

„Oh!" Luisa schaut betreten drein. „Nichts mehr gehört?" Meine Augen verengen sich zu Schlitzten.

„Falls er nicht schon tot ist, würde er durch mich den qualvollsten Tod erleiden, den er sich vorstellen kann. Natürlich nur, sollte ich ihn jemals wieder sehen."

„Arschloch! Also nicht?", vermutet Luisa.

„Kein Bild, kein Ton. Nix", stimme ich ihr mit gekränkter Miene zu.

„Und mit deinem Nachbarn?" Luisas Blick wandelt sich zu hoffnungsvoll.

„Mit meinem Nachbarn?"

Aus großen Augen schaue ich Luisa skeptisch an.

„Luisa, der ist einundzwanzig."

„Na und? Auf alten Töpfen lernt man Kochen."

Wie soll ich nun das wieder verstehen?

„Vergleichst du mich etwa mit einem alten Topf?"

Luisa merkt zu spät, wie ihre Antwort gewirkt haben muss und sie sucht hilflos nach Worten, die ihre wirklich vorschnelle Aussage entkräften könnten.

„Äh, also so war das doch nicht gemeint. Ich meine, für ihn ist das doch toll. Dass du älter bist als er. Kann er noch was lernen."

„Du suchst nach einer Rechtfertigung dafür, dass er sich auf mich einlässt?"

Meine Augen sind immer noch so groß wie Glasmurmeln.

„Nein", sagt sie und zeigt mit ihrer Gabel auf mich.

„Das brauche ich ja wohl kaum. Er steht doch eh auf dich."

Wo sie Recht hat, hat sie Recht. Es ist kaum zu übersehen, dass Philipp, der seit meinem Umzug zwei Häuser weiter wohnt, reges Interesse an mir hegt. Wir trafen uns das erste Mal auf einer Gartenparty meines direkten

Nachbarn, tauschten dort allerdings nur Blicke aus.

Eine Woche später stand er bei mir vor der Haustür und bot sich mir breitwillig an, mir bei eventuell liegen gebliebenen Renovierungsarbeiten zu helfen. Oft treffe ich ihn abends bei der letzten Gassi-Runde mit Nasemann. Er steht dann – rein zufällig natürlich – bei sich vor der Haustür und raucht. Ein paar Mal bin ich stehen geblieben und wir haben uns ein wenig unterhalten. Er sieht wirklich verdammt gut aus. Blonde Zauselhaare, blaue Augen, gut gebaut. Mit einem Blick wie Jude Law. Lecker. Allerdings passt er überhaupt nicht in mein Beuteschema. Und er ist viel zu jung. Und außerdem ist er leider echt matt gekachelt, wie ich bei unserem ersten Gespräch unglücklicherweise feststellen musste.

Gut, das war nun kein Hindernis für eine nette Spaßaffäre, denn der Intelligenzquotient ist nun wirklich nicht maßgebend für guten Sex.

Leider gehört Philipp aber auch zu der Sorte Männer, die immer nur von sich reden. Er erzählte mir ununterbrochen, was er Tolles auf seiner Arbeit geleistet habe und dass sein Chef ihn schon Junior nennen würde. Ach du meine Güte. Wenn ich so was höre, kommt mir gleich das Essen vom Vortag wieder rückwärts die Speiseröhre hoch.

„Junge", dachte ich, „Wenn du mit einundzwanzig schon so öde bist, wie willst du dann jemals eine Frau kennenlernen, die es länger als 24 Stunden mit dir aushält, sobald du den Mund aufmachst?"

Luisa holt mich aus meinen Gedanken zurück.

„Du träumst, Greta. Was ist denn mit Philipp? Er würde dich wenigstens auf andere Gedanken bringen."

„Das stimmt", erwidere ich. „Ach ich weiß auch nicht. Du weißt doch, wie so was immer endet.

Erst wollen sie nur Sex und dann sprechen sie auf einmal von der großen Liebe. Und was ist dann? Dann stehe ich mit einem einundzwanzigjährigen Philipp da, der von Zusammenziehen, Heiraten und Kinderkriegen spricht. Und wenn ich dann die Flucht ergreife, ist das Gejammer groß."

„Na du musst ihm halt von vorneherein klar machen, dass es eine reine Sex Beziehung ist. Nicht mal Freundschaft Plus. Dazu würden seine geistigen Fähigkeiten für dich wahrscheinlich nicht ausreichend sein."

Ich erinnere mich an Mrs. Robinson aus dem Film *Die Reifeprüfung*, in dem der zwanzigjährige Benjamin Braddock, gespielt von Dustin Hoffman, erst mit ihr eine Sexaffäre hat und danach mit ihrer Tochter.

„Gut, dass ich einen Sohn habe", denke ich und fühle mich alt.

11

Ich scheine wirklich an geistiger Umnachtung zu leiden. Wenn ich mich an die letzten Tage zurück erinnere, an denen ich noch im Brustton der Überzeugung getönt habe, dass ich nie wieder was mit Ben zu tun haben will, da er mir ja sowieso immer und immer wieder das Herz brechen würde, muss ich zu meiner eigenen Bestürzung feststellen, dass er mir so sehr fehlt, dass ich am liebsten meine Freundschaftskündigung rückgängig machen würde. Ich gebe ja zu, dass das wirklich eine schwache Leistung von mir ist.

Alle Feministinnen dieser Welt würden sich vor Entrüstung die Hände vors Gesicht schlagen, denn von einer selbstständigen, emanzipierten Frau sollte man schließlich erwarten können, dass sie über den Dingen steht und sich für solche Demütigungen zu schade ist.

In solchen Momenten stelle ich aber immer wieder fest, dass mein Kopf zwar stark ist, aber mein Herz schwach. Trotzdem nimmt mein Herz meinem Kopf gerne mal die Entscheidungen ab. Zumindest was das leidige Thema Liebe angeht. Das soll einer verstehen.

Ben macht sich so rar, dass es schon körperlich weh tut.

Ich beschließe, dass es drei Möglichkeiten dafür gibt: Entweder er hat wieder zu seiner Exfrau gefunden und genießt gerade mit ihr unbeschreibliches Beziehungsglück – wobei ich ja anmerken muss, dass sich Exfrau und

Beziehungsglück in einem Satz so beißen, wie rote Schuhe und ein pinker Rock. Aufgewärmt schmeckt nur Gulasch habe ich mir sagen lassen.

Oder er hat schon eine neue Greta an der Angel, um sich weiterhin zweigleisig vergnügen zu können. Oder aber – und diese Variante gefällt mir am besten und ist für meine Begriffe selbstverständlich am wahrscheinlichsten – er ist so sauer und enttäuscht darüber, dass ich ihn so angefahren und ihm die Pest an den Hals gewünscht habe, dass er sich nur aus diesem Grund zurückgezogen hat. Nun ja, wie ich es auch drehe, es bleibt zum Heulen, also muss ich mich mal wieder ablenken.

Ich stehe verzweifelt vor meinem Kleiderschrank, der mittlerweile beängstigend leer ist, da alle in Frage kommenden Klamotten auf dem Schlafzimmerboden verteilt liegen. Es ist jetzt 21.58 Uhr. In einer halben Stunde will Jule mich abholen, um mit mir in die Disco zu fahren und ich habe nichts (!) zum Anziehen. Meine Lieblingshose ist in der Wäsche (hätte ich mir bloß vorher eine Liste gemacht) und die T-Shirts, die in Frage kommen, sind entweder zu groß, zu klein, zu hell, zu dunkel, zu gemustert oder zu einfarbig...

Entscheidungsfreude war noch nie eine meiner guten Eigenschaften.

Reue zeigen im Übrigen auch nicht, fällt mir auf, weil meine Gedanken wieder mal zu Ben wandern. Auch wenn ich verantwortlich gewesen wäre für den hundertjährigen Krieg, diverse Hungersnöte in Afrika oder die Tatsache, dass die Welt keine Scheibe ist, hätte ich mich wahrscheinlich nicht dafür entschuldigt.

Selbst damals, als ich mit vierzehn das erste Mal bekifft nach Hause kam und meine Eltern es natürlich bemerkt hatten, weil ich nichts verheimlichen kann, kam mir kein „Tut mir leid" über die Lippen.

Dadurch stellte ich mir in meinem Leben schon des Öfteren selbst ein Bein, was die erfolgreiche Lösung etlicher Probleme betraf.

So endete zum Beispiel meine erste richtige Beziehung nach auf den Tag genau vier Wochen, weil ich unter Alkoholeinfluss auf einer Party mit Dennis rumknutschte, obwohl ich eigentlich die Freundin seines Bruders war und dieser uns natürlich erwischte.

Christian, zutiefst verletzt, verlangte von mir nichts weiter als eine Entschuldigung. Mit zwölf Jahren sieht man das alles noch nicht so eng. Aber selbst das gelang mir nicht.

Das einzige, was er von mir zu hören bekam, waren Anschuldigungen wie „Du hast mich doch eh nie beachtet." oder „Unsere Beziehung war dir doch sowieso egal", was dazu führte, dass Christian sich von mir trennte und ich so am Boden zerstört war, dass ich wegen einer Überdosis Baldrian ins Krankenhaus eingeliefert werden musste.

Auch im Falle Ben werde ich nicht klein beigeben.

Im Leben würde ich mich unter vollem Vorhandensein meines Bewusstseins nicht bei ihm melden und mich entschuldigen.

Für was auch? Eher würde ich mir ein Bein ausreißen.

Es ist 22.15 Uhr.

Jetzt ist alles egal.

Ich schnappe mir meine schwarze Hotpants, mein neues pinkes Top mit einem Totenkopf auf der Rückseite, welches ich mir extra für Abende wie heute gekauft habe, und renne damit ins Bad. Schnell noch etwas Make-Up, Rouge, Eyeliner und Mascara auflegen und dann ab in die Klamotten.

Jule klingelt pünktlich um 22.30 Uhr an meiner Haustür.

Ich schlüpfe in meine Schuhe, schnappe mir meine kleine schwarze Handtasche von der Kommode im Flur und stürze aus der Haustür.

Der Himmel ist sternenklar und ein kleiner Tropfen Wehmut bei dem Gedanken an Ben, der mich sogleich wieder heimsucht, keimt in mir auf.

„Nicht dran denken", zwinge ich mich, als ich die Autotür öffne.

Ich lasse mich auf den Sitz fallen und drücke Jule zur Begrüßung.

Die Nacht kann beginnen.

***

Meine Knie schmerzen. Eiskalt erinnert mich dieses Gefühl daran, dass ich keine achtzehn mehr bin. Langsam drängen sich die Geschehnisse der letzten Nacht wieder in mein Bewusstsein.

Ich schaue auf die Uhr.

10.30 Uhr. Genug geschlafen.

Die letzte Nacht war fabelhaft, aber auch verdammt anstrengend. Jule und ich haben von 23 Uhr bis 4 Uhr morgens durchgetanzt. Jetzt erkenne ich auch den Bezug zu meinen schmerzenden Knien wieder.

Aua.

Ein bisschen befremdlich war es ja schon. Das Durchschnittsalter der anderen Gäste lag bei zirka zwanzig. Ich mit meinen dreißig Jahren muss den Schnitt gut gehoben haben. Aber ich will mal nicht schwarz malen. Nein, ich war nicht die einzige Ü 30 dort.

Allerdings sahen die anderen Betroffenen so aus, als ob sie eher zum Resteschubsen gekommen wären, als zum Tanzen. Da hielt ich mich doch lieber an die jüngeren.

Unfreiwillig machte ich dann tatsächlich die Bekanntschaft mit etwas Jüngerem.

Ein freundliches junges Mädchen stupste mich beim Tanzen von hinten an und bedeutete mir, dass da ein Preisschild an meinem Top hängen würde.

Oh Mann. Auch das noch.

Nicht genug, dass ich den ganzen Abend mit einem offen herumhängenden Preisschild durch eine Disco laufe, nein da werde ich noch von einem hübschen blonden Püppchen darauf aufmerksam gemacht, welches mindestens vierzehn Jahre jünger und zehn Kilo leichter war als ich.

Denk positiv, Greta. Es wäre noch schlimmer gewesen, wärst du von einem gutaussehenden, perfekt in dein Beuteschema passenden, 25 jährigen jungen Mann darauf aufmerksam gemacht geworden.

Das Püppchen assistierte mir netterweise dabei, das Schild unter dem Shirt verschwinden zu lassen. Einige Getränke und beschämende Gedanken später befand ich mich wieder auf der Tanzfläche.

Irgendwie kommt mir gerade in den Sinn, dass ich nicht alleine war.

Jemand tanzte hinter mir, versuche ich mich zu erinnern.

Ich konnte sein Gesicht nur aus dem Augenwinkel erkennen, aber er musste so Mitte zwanzig gewesen sein, nicht hässlich aber auch keine umwerfende Schönheit.

Ich drehe mich im Bett um und der Raum schwankt langsam hinterher.

Mist, das war echt ein Jim Beam Cola zu viel.

„Irgendwas fehlt in meiner Erinnerung", denke ich.

„Aber was?"

Ach du Schande.

„Jule! Jule... bist du schon wach?"

Ich springe auf und renne ins Wohnzimmer.

Jule schreckt von meiner Schlafcouch hoch und schaut mich schlaftrunken an.

„Was ist passiert?", fragt sie.

„Jule. Was war gestern Abend? Habe ich geknutscht?"
Sie kann sich ein Kichern nicht verkneifen.
„Hmmm... also... überlegen wir mal..."
Ich funkle sie drohend an. „Nun sag schon!"
„Hmmm..." beginnt sie wieder und grinst, als sie meinen warnenden Blick bemerkt. „Ja klar hast du. Weißt du das nicht mehr? Mit diesem Typen, der die ganzen Zeit hinter dir getanzt hat."
Jetzt fällt es mir wieder ein. Es war gar nicht schlecht.
„Aber ich habe ihm nicht meine Nummer gegeben, oder?", frage ich mit leicht verzweifeltem Gesichtsausdruck.
„Nein, hast du nicht", erwidert sie.
„Und ich habe auch nur mit ihm geknutscht, ja?"
Seit dem missglückten One-Night-Stand mit Marc habe ich mir geschworen, dass dies zu einem Erlebnis in meinem Leben gehören sollte, was ich nicht wiederholen würde.
„Alles gut. Wir sind nach Hause gefahren, als er auf der Toilette verschwand. Ihr habt euch nicht mal verabschiedet."
Gott sein Dank.
Ich lasse mich aufs Sofa fallen.
„Aber du weißt noch, dass du auf der Rückfahrt mehrere SMS verschickt hast?" Jule schaut mich mit einer hochgezogenen Augenbraue an.
„Ooooh..."
Ich stöhne und vergrabe mein Gesicht in den Händen, als die Erinnerung an die Rückfahrt mein Gedächtnis heimsucht.
„Scheiße..."
Jule rückt näher an mich heran und ergreift meine Hände, als wollte sie mit mir zusammen einen Kinderreim aufsagen.
„Greta, schau mich an!"

Ich stöhne immer noch und schaue hoch.

„Ich hab dir gesagt, lass es. Aber du warst so besudelt vom Alkohol, dass ich dich nicht aufhalten konnte."

„Ich weiß… Oh Mann. Hilfe! Ich muss mein Handy holen und nachlesen, was ich geschrieben habe."

Langsam stehe ich auf und versuche, möglichst ohne zu schwanken den Weg vom Sofa zu meinem Schlafzimmer zurück zu legen.

Ich setze mich auf mein Bett und schnappe mir mein Handy.

Gesendete SMS: Ben. *Oh Gott…*

„Hey Ben. Es tut mir leid, dass ich so blöd zu dir war. Ich mag dich wirklich sehr und würde gerne weiterhin mit dir befreundet sein. Kuss, Greta"

Ich gebe mir eine imaginäre Ohrfeige und will gerade das Handy beiseitelegen, als ich lese, dass ich letzte Nacht anscheinend noch eine Nachricht verschickt habe.

Philipp!

Ach du Scheiße! Das wird ja immer schlimmer!

„Hey Philipp, na wie geht's dir? Wollen wir uns mal wieder abends auf ne Kippe treffen? LG Greta."

Waargh!!!

Mir wird übel und ich glaube, dass das nicht mehr nur am Alkohol liegt. Das alles wird in einem elendigen Desaster enden.

Es wäre nicht mein Leben, würde das nicht so sein.

Fünf Stunden später sitze ich mit dem Inhalt dreier Kopfschmerztabletten im Blut in der Sonne und sinniere vor mich hin.

Ben besitzt tatsächlich die Frechheit, sich bis jetzt nicht auf meine reuevolle Nachricht gemeldet zu haben.

Ich bin empört über diese Respektlosigkeit.

Schlimm genug, dass ich ihm diese Nachricht überhaupt geschrieben habe.

Aber mir darauf nicht zu antworten, schmettert meinen letzten noch übrig gebliebenen Fetzen Selbstbewusstsein an den Rand des Universums.

„Wahrscheinlich genießt er einen familiären Sonntag mit Maria", denke ich, als ich den letzten Rest Alkohol mit einem Schluck Wasser aus meiner Blutbahn spüle.

Doch obwohl ich so wütend bin über sein bescheuertes Verhalten muss ich sagen, dass Luisa tatsächlich Recht hatte und das Gefühl von fiesen messerscharfen Stichen in meinem Bauchraum, die mir vor Schmerz die Tränen in die Augen treiben würden, ausbleibt.

Philipp nämlich geht ganz fürsorglich auf meine unbeabsichtigten Annäherungsversuche ein.

Er lenkt mich ab.

Was für ein Segen für mein gebeuteltes Herz.

12

Die Nacht ist lau und der Mond beäugt mich aus seinem Versteck zwischen den Wolken mit einem leicht mitleidigen Gesichtsausdruck.

Nasemann ist irgendwo im Kornfeld verschwunden und nur das leise Rascheln zwischen den Ähren verrät mir, wo er gerade ist.

„Na komm, Alter. So schlecht geht es mir doch gar nicht", flüstere ich zum Mond hinauf, während ich den sandigen Feldweg hochstapfe.

Seine Antwort fällt erstaunlich einsilbig aus.

Er sagt nichts, sondern betrachtet mich weiterhin aus seinen dunklen Kratern, die mir wie zwei große Augen vorkommen.

Das letzte Mal, als ich den Mond so bewusst wahrgenommen habe, war in einer Nacht, die mir fast zum Verhängnis wurde und gleichzeitig die außergewöhnlichste Nacht meines Lebens war.

Es war noch in der Zeit, als ich mit Stefan zusammen war und ich mich mit Ben nur heimlich treffen konnte.

Ben und ich lagen gemeinsam im Hamburger Stadtpark.

Die Luft war genauso lau wie heute und der Mond lünkerte hinter den Wolken hervor. Ben lag neben mir und ich spürte seinen Atem an meiner Wange. Wir lagen einfach nur da, aneinander geschmiegt und dachten an nichts, als mein Telefon klingelte.

Stefan.

Als ich ihm mitgeteilt hatte, dass ich nicht mehr glücklich sei und über eine Trennung nachdachte, hatten wir beschlossen, uns erst mal eine kurze Auszeit zu nehmen, damit wir nachdenken konnten.

Es war nun die erste Nacht, die er bei seinem Freund verbrachte, damit wir uns über unsere Zukunft Gedanken machen konnten und ich hatte natürlich nichts Besseres zu tun, als mich gleich in den nächsten Zug nach Hamburg zu setzen, um Ben zu treffen.

„In Hamburg", dachte ich mir, „kann ich mir ja schließlich auch Gedanken über unsere Beziehung machen."

Ich wartete zwei Sekunden und warf Ben einen vielsagenden Blick zu. Dann nahm ich mit klopfendem Herzen ab.

„Hallo Greta. Wo bist du?"

„Ich, äh... ich bin unterwegs mit dem äh... Auto. Muss nachdenken. Warum? Wo bist du?"

Eine kurze Pause signalisierte mir, dass Stefan sich sammelte.

„Ich bin zu Hause und wollte noch meine Zahnbürste holen, aber du bist nicht da. Und Jan auch nicht."

„Nein, nein", erwiderte ich und meine Hände fingen an zu schwitzen. „Jan ist bei meinen Eltern, ich musste raus. Zu Hause kann ich nicht nachdenken."

„Aha...", schnaubte er. „Naja, dann lass dich mal nicht ablenken. Und vergiss das Nachdenken nicht."

Dann legte er auf.

„Puuh", dachte ich. „Das ist ja noch mal gut gegangen."

Aber im nächsten Moment begann eine leise Stimme in mir zu flüstern: „Du bist morgen früh nicht vor neun Uhr zu Hause. Was ist, wenn Stefan vorher noch mal zu Hause vorbei schaut, um zu sehen, ob du da bist?"

Oh Gott.

Ich schaute Ben mit hilflosen Augen an.

„Ben, ich muss nach Hause. Stefan wird bestimmt morgen früh zu Hause vorbei schauen, um zu sehen, ob ich da bin. Er ist so misstrauisch. Aber…"

Ich schluckte. „Aber es fährt jetzt kein Zug mehr um diese Uhrzeit."

Ben legte mir seine Hand auf die Schulter.

„Entspann dich erst mal. Lass uns nachdenken und dann finden wir eine Lösung."

Dafür liebte ich ihn.

Er gab mir in jeder Situation, die mir aus den Händen zu gleiten drohte, das Gefühl von absoluter Sicherheit und strahlte eine Ruhe und Gelassenheit aus, die mich sofort wieder zuversichtlicher stimmte.

Logisch. Ben hatte eine Lösung.

Er hatte für alles immer eine Lösung.

Er überlegte kurz, dann sagte er: „Pass auf. Du nimmst mein Auto und fährst damit nach Braunschweig zum Bahnhof. Dort lässt du es stehen und fährst mit deinem Auto nach Hause."

Ich schaute ihn fragend an: „Und dann? Was ist mit deinem Auto? Das brauchst du doch."

Er grinste: „Stimmt. Das brauche ich. Aber das kann ich mir dann ja am Wochenende abholen und vielleicht bist du dann zufällig auch gerade in Braunschweig und vielleicht laufen wir uns dann über den Weg. Ganz unverhofft natürlich."

Ich spüre erneut die Wärme, die meinen Körper bei diesen Worten durchflutete. So viel Fürsorge und Zuneigung, wie ich sie von Ben bekam, hätte ich mir von Stefan auch gewünscht. Wir machten uns auf den Weg zu Bens Wohnung und er gab mir seinen Autoschlüssel. Er küsste mich zum Abschied lange und hielt mich fest in seinen Armen.

Dann machte er mir die Autotür auf, bat mich einzusteigen und nach einem weiteren flüchtigen Kuss schlug er die Tür zu.

Ich wollte gerade losfahren, als ich bemerkte, dass das Licht vom Navi taghell war und blendete.

Da ich ja eine selbstständige junge Frau bin, dachte ich mir, das muss ja wohl ohne Probleme umzustellen sein.

Ich drückte wie eine Blöde auf dem Display herum, um die Taste zu finden, mit der man das Licht des Navis dimmen kann.

Plötzlich ging die Autotür wieder auf und Ben beugte sich über mich. Ein bis zwei Handgriffe später schaltete sich das Navi um und das Licht wurde dunkler.

Das war es, was mich so verrückt machte.

Es war so, als könnte er meine Gedanken lesen. Und dann auch noch alles regeln. Mein Held.

Nasemanns Hecheln neben mir holt mich in die Wirklichkeit zurück.

Ich seufze.

„Wo soll das noch enden?", wende ich mich wieder an den Mond.

Diesmal etwas lauter, in der Hoffnung, dass ich jetzt eine Antwort bekomme.

Doch der Mond bleibt stumm.

13

Wie kann ich eigentlich freiwillig auf den weltbesten Sex meines Lebens verzichten? Mensch Greta, wie blöd muss man sein.

Ich liege auf meinem Bett und beschließe, Ben in einer ruhigen Minute am Telefon mitzuteilen, dass er mich besuchen darf.

Seit ich ihm vor sechs Tagen im Vollrausch ein Versöhnungsangebot gesendet habe, meldet er sich endlich wieder bei mir.

Er scheint mich wirklich zu vermissen und sein Ärger ist wohl auch verflogen.

Den Gedanken, dass eigentlich ich diejenige hätte sein müssen, die sauer ist und nicht er, verdränge ich mal wieder in Perfektion.

Die Umsetzung Luisas Vorschlags bezüglich Philipp ging, wie zu erwarten, völlig in die Hose.

Wir trafen uns an zwei aufeinanderfolgenden Abenden, um mit dem Möter Gassi zu gehen und um danach noch ein bisschen zu reden.

Dummerweise musste ich feststellen, dass Philipp einfach noch blöder war, als ich ihn ohnehin schon eingeschätzt hatte. Wenn er nur einfach nie geredet hätte, dann hätte ich mit Sicherheit auch mit ihm ins Bett gehen und es genießen können. Aber in Anbetracht der Tatsache, *dass* er leider viel, und auch noch eine Menge dummes Zeug redet, fällt es mir verdammt schwer.

Darüber hinaus ist er anscheinend der Meinung, dass ich ihm gegenüber irgendwelche Verpflichtungen habe, nur weil wir uns zwei Mal getroffen haben.

Als ich nämlich am dritten Abend keine Zeit (Lust) hatte, mich mit ihm zu treffen, versuchte er es zunächst mit der Mitleidstour und schrieb:

„Och Menno, ich hatte mich so darauf gefreut."

Och Menno?

Bitte? Er schreibt ernsthaft Menno???

Ok, er ist einundzwanzig.

Ich hatte es verdrängt.

Aber als ich darauf nicht reagierte, reagierte er am nächsten Tag sogar so kindisch, dass ich überhaupt keine Lust mehr hatte, ihm in irgendeiner Form auch nur über den Weg zu laufen, denn er schrieb:

„Na, ich bin dir wohl nicht interessant genug, was? Sonst hättest du ja sicherlich geantwortet!!!"

Ja, er benutzte wirklich drei (!!!) Ausrufezeichen.

Blöderweise sind wir fast Nachbarn.

Glücklicherweise habe ich aber früh genug erkannt, dass er nicht für mein Vorhaben zu gebrauchen ist und deshalb dafür gesorgt, dass nichts weiter zwischen uns lief.

Vermutlich wäre er sonst wahrscheinlich sogar der Meinung gewesen, dass wir gleich hätten heiraten müssen.

Verzweifelt versuche ich jetzt, den Kontakt langsam einschlafen zu lassen und ihn merken zu lassen, dass ich beim besten Willen kein Interesse mehr habe und auf der anderen Seite frage ich mich, warum ich mich eigentlich mit mittelmäßigem Sex zufrieden geben wollte, wo mir Ben den weltverändernden Sex ja geradezu aufdrängt.

Und überhaupt wäre es ja sogar ziemlich gemein von mir, mich erst wieder mit ihm zu treffen, wenn er sich nicht mehr mit seiner Exfrau treffen würde.

Ich würde unsere Freundschaft Plus sowieso spätestens dann beenden, wenn der Prinz auf seinem Ross vor mir steht. Und dann wäre Ben ja ganz alleine.

Es wird sowieso schon schlimm genug für ihn sein, wenn ich den Kontakt irgendwann abbreche, auch wenn er Maria noch hat. Aber unter den Umständen, dass er dann gar niemanden mehr hat, würde er sicherlich ganz furchtbar leiden.

Nein, das will ich auch nicht. Ein bisschen sozial bin ich schließlich auch.

Und überhaupt nicht eigennützig.

***

Ich sitze an meinem Schreibtisch und erledige hochwichtige Dinge. Wobei ich in erster Linie damit beschäftigt bin, mal wieder eine Liste zu erstellen. Diesmal ist es eine Liste mit Dingen, die ich von meinem zukünftigen Traummann erwarte. Ich bin der Meinung, wenn man seine Ziele und Wünsche schwarz auf weiß vor Augen hat, kann man schneller entscheiden ob es sich bei zukünftigen Bekanntschaften um potentielle Prinzen handelt, oder ob es wieder eine von den zahlreichen Nieten ist.

Ich überlege.

Also erstens muss er natürlich dunkle Augen haben. Die Zeiten, in denen ich mich mit blauäugigen Idioten herumgeschlagen habe, sind vorbei.

Die Haarfarbe ist nicht ganz so wichtig, aber heller als dunkles Blond sollte es nun auch nicht sein.

Dann die Größe: Ich bin 1,67m groß, also würde ich sagen, das vertretbare Maximum wäre bei 1,75m erreicht.

Alles andere ist äußerst umständlich beim Küssen und beim Sex noch viel mehr.

Meine Gedanken schweifen ab.

Meine Güte, was man im Bett alles so machen kann, war mir bis dato nicht bewusst.

Ich bekomme eine Gänsehaut, wenn ich an den Sex mit Ben denke.

Ohrfeige... und weiter geht's!

Die Äußerlichkeiten haben wir geklärt.

Nun wenden wir uns dem weitaus Wichtigeren zu: Seinem Charakter.

Erstens muss klar sein, dass er bodenständig ist. Noch besser wäre, wenn er immer so ruhig und ausgeglichen wäre, dass er mich von meiner dauerhaft emotionalen Wildwasserbahnfahrt runter holt, wenn ich mich mal wieder künstlich aufrege und natürlich muss er immer und überall eine Lösung für jedes Problem haben.

Er muss sich für mich und das, was ich mache, interessieren und auch dazu in der Lage sein, sich an Dinge zu erinnern, die ich vor langer Zeit angesprochen habe und immer noch wissen, wovon ich redete.

Er muss handwerklich geschickt sein, also bei weitem noch geschickter als ich.

Er muss sofort wissen, was ich mit dem, was ich sage, meine.

Das ist ab und an etwas schwierig. Denn manchmal umschreibe ich Dinge so umständlich, dass hinterher niemand mehr weiß, wovon ich eigentlich gesprochen habe, inklusive mir selbst.

Ach ja, noch mal zu den wichtigen Äußerlichkeiten: Er muss eine im Körper integrierte Wärmeflasche, also dauerhaft warme Haut haben, gut riechen und mit einem schönen, nicht zu kleinen (also eher großen) wohlgeformten Penis ausgestattet sein.

Ich betrachte meine Notizen.

Wenn ich es mir recht überlege, hätte ich mir diese ganzen

Ausführungen auch sparen können und einfach auf ein leeres Blatt Papier mit der Überschrift:

„So muss mein Traummann sein"

„SO WIE BEN!!!" schreiben können.

Da ist es wieder, das verflixte kleine Stimmchen in meinem Ohr, das wie Rumpelstilzchen ums Feuer tanzt und mit einem hämischen Grinsen gackert:

„Der perfekte Mann ist Ben, der perfekte Mann ist und bleibt Ben!!!"

„Moment mal!", denke ich und vervollständige die Liste mit: Er muss bedingungslos treu sein und darf unter keinen Umständen eine Beziehungsstörung haben!!!

HA! Von wegen Ben.

Das kleine Männchen hält postwendend die Klappe.

14

„Mensch Sophie, ehrlich. Wie kann es denn noch schlimmer werden, als es ohnehin schon ist? Erst hat Ben sich von mir getrennt, dann hat er mir erzählt, dass er sich wieder mit seiner Exfrau trifft und jetzt ist er vermutlich wieder mit ihr zusammen."

Sophies Stimme am anderen Ende der Leitung klingt etwas blechern durch das Headset, was sie im Ohr trägt: „Ich sage doch nur, dass du aufpassen sollst, dass er dir nicht noch mal das Herz bricht, wenn du dich wieder mit ihm triffst."

„Ich weiß", erwidere ich. „Aber, wie gesagt, was soll jetzt noch Schlimmeres passieren?"

Ich frage mich gerade, vor wem ich mich hier eigentlich dafür rechtfertige, dass ich Ben wieder erlauben will, mich zu treffen.

Ist es wirklich Sophie? Oder bin ich es selbst? Mein Gewissen? Mein Verstand?

Ich bin mir nicht sicher.

Durchs Telefon höre ich Sophie schmatzen.

Das ist typisch für sie. Vier Dinge gleichzeitig zu erledigen (in diesem Fall Auto fahren, telefonieren, essen und gute Ratschläge geben) sind für sie nichts Besonderes.

„Wann wollt ihr euch denn das nächste Mal treffen?"

Sophies Stimme holt mich aus meinen Gedanken zurück.

„Bisher ist noch nichts geplant.
Aber ich will ihn fragen, ob er nächstes Wochenende zu mir kommt", antworte ich.
„Na dann wünsche ich euch viel Spaß und so…"
Sie verschluckt sich an einem Brötchenkrümel und hustet mir ins Ohr.
Ich muss lachen.
„Danke! Ich werde berichten."
Wir verabschieden uns unter leichtem Glucksen.
Als ich aufgelegt habe, schaue ich mein Telefon an.
Was soll denn jetzt noch Schlimmeres passieren?
Ich überlege fieberhaft, ob ich nicht irgendetwas vergessen habe, was mir erneut das Herz brechen könnte. Mir fällt nichts ein.

***

Ich muss eine magische Anziehungskraft auf schwierige, beziehungsunfähige und von Mangel an Selbstwertgefühl geplagte Männer ausüben.
Vielleicht habe ich auf der Stirn stehen: „Pflegefälle bitte hier anstellen. Greta Meusel kümmert sich hingebungsvoll um alle armen geschundenen Männerseelen."
Okay, Jonas war eine Ausnahme. Er war eigentlich kein Pflegefall, entpuppte sich lediglich als absolut langweilig.
Louis, in den ich vor Jahren richtig böse verliebt war, benutzte mich nur, um sein Ego zu polieren. Er muss von Minderwertigkeitskomplexen derart gequält gewesen sein, dass er nicht anders konnte, als sich mit mir zu treffen und zu genießen, wie ich ihn anhimmelte.
Stefan war bisher der größte Pflegefall von allen (wenn man mal von Ben und seiner Beziehungsunfähigkeit absieht, natürlich).
Er hatte zwei Gesichter.

Auf der einen Seite kümmerte er sich selbstlos um das Wohl seiner kleinen Familie, war sehr häuslich, ging sogar einkaufen und bekochte uns.

Auf der anderen Seite aber war er, wenn er zu viel getrunken hatte, nicht mehr Herr über seine Emotionen und ließ die Wut, die dann regelmäßig in ihm hochkochte, oft an mir aus.

Wie ich im Nachhinein feststellen muss, ist es tatsächlich besser, mit Stefan befreundet zu sein, als mit ihm eine Beziehung zu führen. In irgendeiner psychologischen Fachzeitschrift habe ich mal gelesen, dass Frauen sich Männer gerne immer wieder nach dem gleichen Muster aussuchen und daher auch ständig auf die gleichen Idioten reinfallen.

Wenn ich so die Kontrollverluste Stefans mit Bens kreativer Art der Beziehungsführung vergleiche, finde ich dort zwar keine direkten Parallelen, aber irgendwie gestört sind sie allemal beide.

Aber hey, anstatt das als Warnung zu betrachten, treffe ich Pflegefall Nummer zwei mit großer Freude heute Nacht erst einmal wieder. Schließlich bin ich nicht in ihn verliebt und wir führen nur eine Freundschaft Plus, von daher brauche ich mir überhaupt keine Gedanken über zukünftige mögliche seelische Probleme meinerseits zu machen.

Meine Sinne schlagen Purzelbäume, wenn ich daran denke, Ben endlich wieder in meinen Armen zu halten. Etwas über einen Monat haben wir uns jetzt nicht gesehen. Das wird eine Explosion der Leidenschaft.

Ich setze mich auf mein Sofa und schalte den Computer an. Endlich habe ich alle meine Uni-Prüfungen hinter mir, muss mich aber nun auch wieder langsam mal damit beschäftigen, was ich im nächsten Semester alles für Kurse belegen will.

Mein Telefon klingelt.

Ben.

Oh Mann, jetzt nicht absagen.

Ich melde mich mit säuselnder Stimme.

„Hallo Prinzessin", ertönt es auf der anderen Seite.

„Prinzessin? Na wenn du mal mein Prinz gewesen wärst", schießt es mir durch den Kopf.

„Na Hase? Wie sieht es aus?", erwidere ich dann aber schließlich.

„Gut, alles bestens. Ich freu mich auf heute Abend. Habe solche Sehnsucht nach dir."

Puuh... Also schon mal nicht abgesagt. Brav.

„Ja, ich freu mich auch auf dich. Was gibt's denn?"

Er druckst herum.

„Sag mal, kann ich dir alles sagen und wir bleiben trotzdem noch Freunde und treffen uns weiterhin?"

Mein Magen krampft sich zusammen.

Was soll jetzt noch Schlimmeres passieren?

„Ja klar", entgegne ich und versuche ganz gefasst zu wirken.

„Das ist gut. Ich möchte es dir nachher persönlich erzählen und ich wollte das nur schon mal vorab klären."

Äh bitte was? Nachher persönlich?

„Ben", erkläre ich, „ich bin eine Frau. Du kannst doch nicht häppchenweise mit Andeutungen kommen, um mir dann zu sagen, dass du es mir nachher persönlich erzählen willst?"

Ben räuspert sich. Er scheint zu überlegen, was er antworten soll.

„Ach ich weiß nicht. Am Telefon ist es echt unangemessen. Persönlich wäre es mir wirklich lieber."

Unangemessen!

Mein Magenkrampf hat immer noch nicht nachgelassen.

Unangemessen hört sich nach einer bequemen

Umschreibung für eine entsetzliche Tatsache an.

„Pass auf, ich sage dir jetzt mal was. Wenn du schon so fragst, dann ist es sicherlich keine angenehme Neuigkeit für mich. Wenn du es mir jetzt erzählst, dann habe ich noch ein paar Stunden Zeit, um zu heulen und bis nachher habe ich mich dann wieder gefangen. Wenn du es mir heute Abend erzählst, dann läufst du Gefahr, dass dadurch unser ganzer Abend versaut wird."

Ich fühle mich sehr erwachsen und vor allem klinge ich immer noch sehr gefasst, obwohl ich alles andere bin als das.

Ben druckst immer noch.

Ich muss mir was anderes überlegen.

„Weißt du, solange du mir nicht sagen willst, dass du Vater wirst, schwul bist oder regelmäßig Sex mit drei Frauen gleichzeitig hast, ist doch alles halb so wild."

Ich lache etwas hysterisch und dabei wird mir erst klar, was ich gerade gesagt habe.

Als von ihm kein „nein" kommt, sondern nur die Frage: „Was wäre denn das Schlimmste für dich?", wird mir alles klar.

Was soll denn jetzt noch Schlimmeres passieren?

„Ben!", sage ich und das Entsetzen in meiner Stimme hätte er sicherlich auch ohne Telefon bis nach Hamburg gehört.

„Maria ist schwanger von dir!"

Nach einer kurzen Pause, die mir wie eine Ewigkeit vorkommt, entgegnet er:

„Leider ist es so."

Ich lege auf.

Mir wird schwindelig und die Achterbahn meiner Gefühle, die gerade eben noch so turbulent durch die Gegend flog, scheint sich auf einmal in einer rasenden, nicht enden wollenden Bergabfahrt zu befinden.

Okay Greta, versuch dich zu sammeln.

Das war nun wirklich das Schlimmste, was Ben mir verkünden konnte.

Schwanger. Sie bekommen ein Kind.

Mir wird wieder schlecht.

Verzweifelt versuche ich gegen die ansteigenden Tränen der Wut in meinen Augen zu kämpfen.

Es muss mir egal sein!

Es muss!

Bilder einer glücklichen Dreisamkeit schießen mir durch den Kopf. Maria und Ben und das Baby im Kinderwagen.

Ich fühle mich, als müsste ich gleich kotzen.

Was ist bloß los in meiner seltsamen Welt? Und vor allem, warum lässt Maria sich von ihm schwängern? Ich hatte sie nur einmal kurz kennengelernt.

Vor einigen Wochen, als Ben und ich gemeinsam in Hamburg in seiner Wohnung waren, kam sie vorbei, um sich Papiere von ihm abzuholen, die sie seit ihrem Auszug aus der Wohnung noch nicht wieder gebraucht hatte.

Ein willkommener Anlass natürlich, endlich mal „die Neue" zu begutachten.

Maria war eine kleine, zierliche Person mit dunkelbraunen Haaren und durchdringenden grünen Augen, die von feinen Lachfältchen umgeben waren. Ihr Kleidungsstil war eher gemütlich als schick. In grauer Strickjacke und brauner Stoffhose stand sie vor der Tür, als ich ihr öffnete.

Sie begrüßte mich mit einem freundlichen, ehrlichen Lächeln und ihr Händedruck war fest, aber nicht unangenehm.

Trotzdem sie so klein und hager war, strahlte sie eine Mütterlichkeit aus, die jeden in ihrer Umgebung gleich mit einer Wärme füllte, sodass man sich in ihrer Nähe wohl und beschützt fühlte.

Sie wirkte zurückhaltend aber fröhlich und ich frage mich, wie sie so naiv sein kann, sich von Ben, der sie auch während ihrer Ehe nicht nur einmal betrogen hatte, wie ich von Jule wusste, jetzt auch noch schwängern zu lassen? Versucht sie vielleicht, ihn damit an sich zu binden? Eigentlich schätze ich sie so nicht ein.

Ich erinnere mich wieder an mich und meine derzeitige Situation und sofort meldet sich auch mein Magenkrampf zurück.

Was nun?

Ich will Ben sehen und entgegen meiner immer noch in mir kochenden Wut auf ihn, verspüre ich auch die mir sehr bekannte wohlige Wärme, wenn ich an ihn denke.

Mann, wie ich mich dafür hasse.

Kann ich nicht einmal konsequent und stark sein?

Kann ich nicht einmal hocherhobenen Hauptes „nein" sagen und mich umdrehen und gehen?

Den wimmernden und nach Vergebung bettelnden Mann links liegen lassen? Vielleicht noch mal aus Versehen mit dem Haustürschlüssel an seinem Auto entlang kratzen?

Ich werde eine Runde joggen gehen. Vielleicht werde ich mir dann über meine Gefühle klarer.

Eine Stunde später sitze ich wieder auf meinem Sofa. Frisch geduscht und ausgepowert von der Joggingrunde.

Gott sein Dank ist mir Philipp nicht über den Weg gelaufen, das hätte mir zu meinem Glück heute noch gefehlt.

Aber jetzt kann ich wenigstens etwas klarer denken, habe Distanz zu der Tatsache aufgebaut, dass Ben Vater wird und versichere mir selber noch einmal, dass wir sowieso nie wieder ein Paar werden, als ich ihm eine knappe SMS schicke:

„Komm vorbei"

***

Die Geschichte mit Philipp entwickelte sich leider nicht optimal. Nachdem ich ihm einige Tage geschickt aus dem Weg gegangen war, lief er mir wie zu erwarten eines Abends beim Gassi gehen über den Weg.

„Hallo", sagte ich zurückhaltend aber höflich.

„Hallo", entgegnete er, sah aber gar nicht so höflich aus und begann auch gleich damit, mir Vorwürfe zu machen: „Ich frage mich, was mit dir los ist. Erst verstehen wir uns so gut und treffen uns jeden Abend und jetzt auf einmal ist von dir nichts mehr zu sehen und zu hören. Ich würde mir wünschen, dass du mir darauf mal eine ehrliche Antwort gibst und mir erklärst, was mit dir los ist."

Ich starrte zu Boden.

„Na bestens", dachte ich und begann in Gedanken schon mal damit, mir ein Loch in den asphaltierten Boden zu scharren.

„Ich... Äh... Hör zu Philipp. Du willst, dass ich ehrlich bin?"

Sein Blick durchbohrte mich fast.

„Ja, genau, das will ich."

Ich wurde immer kleiner.

„Also pass auf. Ich dachte, es wäre nett, wenn wir uns vielleicht besser kennenlernen könnten und gut verstehen und dass vielleicht etwas mehr hätte daraus entstehen können.

Aber ich muss ganz ehrlich sagen, dass ich gemerkt habe, dass es bei mir doch nicht so ist."

Philipp lachte sarkastisch.

„Wer hat denn gesagt, dass da mehr draus entstehen könnte?"

Ich traute meinen Ohren nicht.

Was war denn das jetzt für eine Frechheit?

„Ich... also... ich... dachte..."

Er unterbrach mich: „Ich fand es einfach nur nett mit dir, Greta! Nett, mit dir zu erzählen und ich dachte, du bist jemand, mit dem man gut reden kann, aber anscheinend ist dem nicht so."

Ich stammelte immer noch irgendwelche Wortfetzen vor mich hin.

Er fuhr fort: „Und dass du dich einfach immer weniger und immer seltener meldest, anstatt mir einfach mal zu sagen, was los ist, das hätte ich nicht von dir erwartet. Du hast dir da mehr von versprochen? Sorry, ich nicht."

Ich war so perplex, dass ich ihn aus weit aufgerissenen Augen anstarrte.

„Wenn du wenigstens ehrlich gewesen wärst. Aber so..."

Jetzt reichte es mir aber!

Meine Fassung fand langsam zu mir zurück und ich holte zum Gegenschlag aus:

„Ich frage mich, wer von uns beiden sich hier mehr davon versprochen hat? Immerhin bin nicht *ich* diejenige, die hier so abgeht. Woher soll ich denn wissen, dass ich dir alles haarklein erklären muss? Normalerweise reicht es, wenn man sich ein wenig zurück zieht und weniger meldet, damit der andere merkt, dass man im Moment vielleicht andere Dinge um die Ohren hat oder einfach lieber macht. Ich hatte dir gesagt, dass ich mich melde, wenn ich mal wieder Lust habe, mich mit dir zu treffen und trotzdem hast du dich ständig gemeldet.

Was war denn daran bitte nicht zu verstehen?"

Seine Gesichtszüge entspannten sich etwas und auf einmal verschwand die Härte aus seinem Blick.

„Tja...", druckste er, „so bin ich halt."

Mir fiel ein Stein vom Herzen und ich fand ihn schon fast wieder niedlich, obwohl er so dämlich reagiert hatte. Also regte ich mich auch schnell wieder ab, denn in Anbetracht der Tatsache, dass wir fast Nachbarn sind, kam mir nichts ungelegener als ein Philipp, der hinter seinem Gartenzaun steht und ungeniert Beschimpfungen quer durch die Nachbarschaft in meine Richtung brüllt.

Ich war beruhigt darüber, dass er augenscheinlich nicht mehr sauer war und grinste ihn an:

„Also jetzt noch mal extra für dich zum Mitschreiben: Wenn ich mal wieder Lust habe, dich zu treffen, dann melde *ich* mich. Okay?"

„Okay", gab er lächelnd zurück.

Wir standen noch eine Weile verlegen voreinander und ich wusste nicht so recht, wo ich hinschauen sollte.

Dann trat er vor mich, nahm mich flüchtig in den Arm und verabschiedete sich mit den Worten: „Mach's gut, vielleicht sehen wir uns ja zufällig mal wieder."

„Bestimmt", sagte ich und verabschiedete mich erleichtert darüber, dass wir nun offensichtlich alles geklärt hatten.

So hoffte ich es zumindest.

Gedankenverloren ging ich nach Hause.

***

Es klingelt an der Tür. Mein Herz sackt eine Etage tiefer und ich habe das Gefühl, es ist nur dort hingewandert, um sich mit meinem Magen zu prügeln, denn der rebelliert blitzartig mit.

Ben ist da.

Ich öffne die Tür und augenblicklich sind meine Magenschmerzen verschwunden.

Er steht da wie ein Häufchen Elend. Aus reumütigen Augen schaut er mich an und trotzdem überlege ich noch für einen kurzen Moment, ihm die Tür wieder vor der Nase zuzuschlagen.

Wie kann man so gewissenlos sein wie er?

Aber dann werde ich weich und kann seinem Blick nicht mehr standhalten.

Wie kann man so schwach sein wie ich?

Wir fallen uns in die Arme und ich sauge den mir so vertrauten Geruch, der ihn umgibt, tief ein. Es kommt mir vor wie eine Ewigkeit, in der wir einfach nur dastehen und uns festhalten. Seine Arme umschlingen meinen Körper so als würde er Angst haben, dass mich jemand klaut.

Langsam löst er sich von mir und schaut mir in die Augen.

„Greta", flüstert er, „es... es tut mir so leid. Ich weiß nicht, was ich sagen soll."

Ich lege ihm meinen Finger auf seine Lippen und bedeute ihm, ruhig zu sein.

„Komm erst mal rein."

Er tritt hinter mir durch die Tür und zieht sich Schuhe und Jacke aus.

Wir gehen in mein Wohnzimmer, ich öffne uns zwei Bier und setze mich neben ihm aufs Sofa.

Sein Blick wandert etwas unruhig hin und her.

Ich ergreife die Initiative:

„Im wievielten Monat ist Maria?"

„In der achten Woche", antwortet er knapp.

Ich rechne kurz und bin beruhigt. Das heißt, es ist erst passiert, als wir beide schon nicht mehr zusammen waren. Gut.

„Und sie will das Kind kriegen?", frage ich.

„Ja", erwidert er.

Ich drehe mir eine Locke in die Haare.

„Und du? Was willst du?"

Ben seufzt: „Ich will kein Kind. Das weißt du. Ich wollte nie ein Kind in diese Welt setzen."

Ich sage nichts, sondern warte ab, ob er fortfährt.

„Was soll ich machen? Wenn Maria das Kind bekommen will, dann kann ich es ihr ja schlecht verbieten."

Ben sieht kraftlos aus. Er sitzt in sich zusammen gesunken neben mir und nimmt zaghaft meine Hand.

„Wie soll es nun weitergehen?"

Ich überlege kurz.

„Wie es weitergehen soll? Normalerweise solltest du jetzt und spätestens jetzt zu Maria stehen, denn sie erwartet ein Kind von dir."

„Aber ich will dich nicht verlieren. Greta, ich... Ich würde so gerne wieder mit dir zusammen sein."

Ich verschlucke mich an meinem Bier und muss husten.

„Du willst mit mir zusammen sein? Bist du bescheuert?" Entgeistert schaue ich ihn an. „Wir werden *nie* wieder zusammen sein. Du hast dich wegen der großen Entfernung von mir getrennt und weil keiner von uns jemals bereit sein wird, umzuziehen und jetzt willst du auf einmal wieder mit mir zusammen sein? Du bist durcheinander. Und ehrlich gesagt..."

Ich zögere und schaue aus dem Fenster.

„Ich will es auch nicht mehr."

Er zieht die Augenbrauen hoch.

„Warum willst du nicht mehr?"

Ich schaue ihn triumphierend an.

„Weil du dich niemals festlegen wirst. Du kannst es einfach nicht. Du kannst keine Entscheidung treffen und dazu stehen. Du willst wieder mit Maria zusammen sein und kommst ständig zu mir. Warum tust du ihr das an, wo du doch glaubst, dass du sie liebst? Warum behandelt man einen Menschen, den man liebt, so? Was stimmt mit dir nicht, Ben?"

„Wenn du wüsstest, was ich alles kann. Bei dir könnte ich treu sein und zu dir stehen."

Jetzt muss ich aber herzlich lachen.

„Du? Bei mir? Niemals! Eher friert die Hölle ein! Es ist okay, wenn wir uns ab und an treffen, aber wir beide werden kein Paar mehr werden, Ben. Auch nicht in hundert Jahren."

Mein Handy vibriert.

Es ist Jule, die gerade mit ihrem Mann in Hamburg ist, um alte Freunde zu treffen.

Sie schickt mir eine knappe SMS mit dem Inhalt:

„Greta, ich habe spannenden News. Kleiner Tipp: Triff dich nicht mit Ben. Alles weitere morgen persönlich."

Ich muss grinsen, als ich ihr antworte:

„Hey! Ben ist schon hier und von den News hat er mir gerade persönlich erzählt. Mach dir keine Sorgen um mich, es ist alles gut. Wir sehen uns Montag."

Ich drehe mich zu Ben um und sage: „Ich soll dir übrigens schöne Grüße von Jule ausrichten."

Er wird blass.

„Wo ist sie? Woher weiß sie, dass ich hier bin?"

„Na sie ist mit André in Hamburg. Sie treffen sich mit Inge und Ralf. Du kennst sie doch, oder?"

Ben wird noch blasser.

„Sie sind dieses Wochenende schon da?

Greta, das ist nicht gut, wenn Jule weiß, dass ich hier bin."
Ich antworte nicht, sondern denke mir meinen Teil. Soll er ruhig mal ein bisschen zittern. Verdient hat er es allemal.

***

Zwischen Jule und mir entwickelte sich eine echte Freundschaft, als ich begann, mich in Ben zu verlieben. Da sie ihr Pferd bei uns auf dem Hof stehen hatte und den Kontakt zwischen Ben und uns herstellte, war sie natürlich für mich Ansprechpartnerin Nummer eins, als ich merkte, dass Ben mehr für mich war, als nur ein langweiliger Bauleiter. Unangenehmerweise gehöre ich zu den Menschen, die ihr Herz auf der Zunge tragen und immer über alles, was sie belastet, erfreut, beängstigt oder einfach nur beschäftigt, reden müssen.

Das kann durchaus nach hinten losgehen, wenn man es den falschen Leuten erzählt.

Zum Beispiel erinnere ich mich daran, wie es war, als ich mit fünfzehn Jahren das erste Mal Sex hatte.

Es war am 13.06.2001, Samstagmittag in meinem Zimmer.

Der Sex war eher mittelmäßig, aber was kann man vom ersten Mal schon erwarten.

Bemerkenswerterweise hatte ich aber nichts Besseres zu tun, als im Anschluss daran sofort zu meiner Mutter in die Küche zu stürzen, um ihr zu erzählen, dass ich endlich entjungfert worden war.

Die nicht unerhebliche Folge dieses Geständnisses war, dass mein Freund, der ohne Frage sehr verunsichert über diese Gesprächigkeit war, Hals über Kopf, mit hochroter Birne das Haus verließ und sich von da an mit mir nicht mehr bei mir zu Hause treffen wollte.

Oder bei Louis, dem ich bereits bei unserer zweiten Begegnung eröffnete, dass ich mich unsterblich in ihn verliebt hätte, was in diesem Fall etliche Tränen und eine Menge Kummer (meinerseits natürlich) nach sich zog, da er das schamlos ausnutzte.

Gut, da war ich zweiundzwanzig und sehr naiv.

Heute bin ich dreißig und immer noch sehr naiv.

Jule aber konnte ich vertrauen, das wusste ich. Es war noch einige Wochen bevor Ben und ich uns das erste Mal alleine trafen.

Jules Reaktion auf mein Geständnis werde ich so schnell nicht vergessen. Nachdem sie kreidebleich wurde und sich setzen musste, erwiderte sie:

„Ausgerechnet Ben! Ben, der nicht treu sein kann. Ben, der jahrelang seine Exfrau betrogen hat. Ben, der sich nicht entscheiden kann und der in jeder Stadt die Telefonnummern von mindestens fünf Frauen hat."

Mir schossen sofort die Tränen in die Augen.

Ich muss zugeben, ich bin ein Mensch, der sowieso schnell und gerne heult. Manchmal kann man das ja auch ganz bewusst einsetzen.

Aber in dieser Situation war nichts bewusst.

Jule erkannte die Wirkung ihrer Worte und versuchte, die Situation zu retten: „Ich will nichts Falsches erzählen, aber ich weiß, wie oft Maria bei Inge und Ralf saß und sich darüber ausgeheult hat, dass Ben sie mal wieder betrogen hatte. Sie hat es jahrelang mit angesehen, bis sie es irgendwann nicht mehr ausgehalten und sich schließlich getrennt hat."

Sie schaute ins Leere. „Ich weiß nicht, inwiefern Menschen sich ändern können, was so etwas betrifft. Vielleicht lag es ja auch an der Beziehung und er wäre mit einer anderen Frau ganz anders. Aber wenn ich dir einen Rat geben darf, lass die Finger von ihm.

Du könntest böse verletzt werden."
Ihre Worte hallten in meinem Kopf noch Wochen nach diesem Gespräch immer wieder nach.

Ich konnte mir einfach nicht vorstellen, dass jemand, der so sympathisch und herzlich war und so viel Wärme versprühte und verdammt noch mal so einen ehrlichen Eindruck machte, in Wirklichkeit jemand ganz anderes sein sollte.

Jemand, der Menschen hinterging und betrog? Nur zu seinem eigenen Vorteil handelte?

Das passte nicht ins Bild.

Ich hätte ihr glauben sollen.

***

Bens und mein Wochenende ist traumhaft. Ich kann alle unangenehmen Tatsachen gut verdrängen und genieße jede Sekunde mit ihm.

Wir kochen zusammen, kuscheln auf dem Sofa vor dem Fernseher, gehen spazieren, haben mehrere Male den weltbesten Sex und lassen die reale Welt draußen vor der verschlossenen Tür, während für uns die Zeit stehen zu bleiben scheint.

Manchmal schaue ich ihn einfach nur an und frage mich, warum eigentlich ein so perfektes Paar, wie wir es sind, nie eine Chance haben wird.

Es ist ein komisches Gefühl, ihn zu sehen und so eine tiefe Verbundenheit zu spüren und gleichzeitig zu wissen, dass wir einander nie ganz haben werden.

Er ist so undurchschaubar für mich geworden.

Ich glaube, die Beweggründe für sein Verhalten werde ich nie verstehen.

Erst trennt er sich von mir, schwängert dann Maria, aber anstatt zu ihr zu stehen und die Tragweite seiner

Entscheidungen anzunehmen, lungert er wieder bei mir herum und erzählt mir was von zusammen sein und treu sein.

Irgendwie tut er mir leid. Jemand, der so beziehungsgestört ist, wird doch in seinem Leben nie wirklich glücklich werden können.

Oder?

Gut, vielleicht sind manche Menschen glücklich damit, bis zum Ende ihres Lebens von einem Bett ins nächste zu hüpfen. Aber spätestens, wenn man alt und grau ist, möchte man doch mit seinem Partner zusammen am Kamin sitzen und auf eine lange, gemeinsame, bewegte Zeit zurück blicken.

Vielleicht kann ich aber auch nicht immer von mir auf andere schließen.

Vielleicht möchte das ja nicht jeder.

Vielleicht möchte auch Ben das gar nicht. Aber würde man denn nicht für die Liebe seines Lebens alles stehen und liegen lassen?

Vielleicht ist er auch gar nicht dazu in der Lage, die Liebe seines Lebens zu erkennen, weil ihm sein ausgeprägter Jagdinstinkt im Weg steht.

Ben macht mir an diesem Wochenende mehr als einmal klar, dass er gerne wieder mit mir zusammen wäre, aber Maria jetzt in ihrem schwangeren Zustand nicht verlassen könnte.

Er ist so naiv.

Das Ausmaß seines Handelns ist ihm selten bewusst. Ich glaube nicht, dass er jemals erwachsen wird.

***

Am nächsten Tag sitzt Jule bei mir am Küchentisch. Ich muss unbedingt wissen, was in Hamburg so geredet wurde, und da wir eh für heute zum Frühstück verabredet waren, muss ich nicht lange auf neue Informationen warten:

„Ich saß nichtsahnend bei Inge und Ralf im Wohnzimmer, als Inge uns freudig eröffnete, dass Ben ja jetzt wieder mit Maria zusammen sei und sie ein Kind von ihm erwarte. Du kannst dir nicht vorstellen, wie ich sie angestarrt habe."

Doch das kann ich sehr wohl.

Wahrscheinlich ist ihr die Kinnlade einen halben Meter in die Tiefe auf den Flokati Teppich gefallen.

„Aber als ich das gemerkt habe, war es schon zu spät. Inge hat meinen Blick sofort durchschaut."

Ich weiß, dass Inge eine etwas einfach gestrickte, aber sehr scharfsinnige Person mit Haaren auf den Zähnen ist.

Wir hatten Inge und Ralf einmal einen kurzen Besuch abgestattet, als wir in Hamburg waren und obwohl wir uns nur kurz gesehen hatten, durfte ich da schon Bekanntschaft mit ihren behaarten Zähnen machen.

Sie ist Mutter von drei Kindern und geht in ihrer Rolle voll und ganz auf.

Ralf, ihr Mann, arbeitet viel und gerne und ist auch mit Ben immer mal wieder gemeinsam beruflich unterwegs.

„Ja und weiter?", frage ich sie, ganz aufgeregt was als nächstes passiert war.

„Frag nicht. Es war die totale Katastrophe. Inge hat mich natürlich gleich gefragt, warum ich so belämmert aus der Wäsche schaue und als ich nicht gleich antwortete, verstand sie sofort: „Ben ist bei Greta, hab ich Recht?""

„Oh Gott, das hat sie nicht wirklich gesagt!"

„Doch das hat sie. Sie hat es sofort erkannt."

„Ach du Schande. Ich hoffe, du hast das nicht bestätigt."

„Naja, ich konnte nicht mehr viel sagen, so perplex war ich. Dann brauchte ich auch nicht mehr zu reden, denn dann ging das Unwetter los: „Wie kann er nur? Er soll sich mal entscheiden! Was für eine absolute Frechheit! Seine schwangere Frau sitzt zu Hause und er vergnügt sich bei Greta!""

„Oh weh", denke ich, „das wird kein gutes Ende nehmen."

„Meinst du, sie erzählt es Maria?"

„Ich weiß es, ehrlich gesagt, nicht", erwidert sie und schlürft an ihrem Kaffee. „Ich kann sie überhaupt nicht einschätzen, was das betrifft. Auf jeden Fall wird Ben eine ordentliche Ansage von ihr bekommen, da kannst du dir sicher sein."

Ich muss kichern und schmiere mir ein weiteres Brötchen.

„Da würde ich gerne Mäuschen spielen. Der arme Ben ganz klein und winzig auf einen Stuhl zusammen gekauert und Inge über ihm mit wild fuchtelnden Armen und aufgebrachter Stimme, die ihm ihre Meinung geigt."

Herrlich!

Jule nimmt sich noch eine Scheibe Käse.

„Ich verstehe auch absolut nicht, warum Maria das Kind bekommen will. Sie wollte ja eigentlich kein Kind, so wie ich das verstanden habe. Aber gut, jetzt noch abzutreiben würde schon knapp werden, da sie ja schon in der zwölften Woche ist."

„Ja... Komisch, da hast du Recht", murmele ich gedankenversunken.

Auf einmal wird mir kalt.

„Was sagtest du gerade? Zwölfte Woche?"

Mein Mund wird trocken.

„Ja, Inge hat erzählt, dass Maria in der zwölften Woche ist.

Wieso?"

„Jule, ich raste aus! Ben hat mir erzählt, dass sie erst in der achten ist! Vor zwölf Wochen, weißt du, was vor zwölf Wochen war?"

Ich springe auf und das Messer fällt mir aus der Hand. Ich zittere.

„Vor zwölf Wochen waren wir noch fest liiert! Zusammen! Ein Paar!"

Jules Blick wird eiskalt.

„Das heißt, er hat dich mit Maria betrogen. Er hat mit ihr geschlafen, als ihr noch zusammen wart."

„Genauso ist es!"

Meine Stimme bebt bei diesen Worten.

Ich sinke in mich zusammen.

Jetzt reicht es.

Vieles lasse ich ja mit mir machen. Aber nicht betrügen und belügen und so böse an der Nase herumführen.

Jule schaut mich aufgebracht an.

„Was für ein Vollidiot!", schnaubt sie.

Ich spüre nichts mehr. Alles wird taub. Alles, was ich für Ben fühlte, ist mit einem mal gestorben.

Ausgelöscht.

Schluchzend schaue ich Jule an.

„Und weißt du, was das Schlimmste ist? Er hat mich nicht nur mit ihr betrogen, während wir zusammen waren. Er hat mich mit ihr betrogen, als die Welt bei uns noch in Ordnung war und wir beide verliebt bis über beide Ohren waren. Wie krank kann man eigentlich sein?"

15

Eine Woche später sitze ich mit Jan im größten Spielwarenladen Braunschweigs.

Ich liebe Spielwarenläden. Zumindest diesen hier. Das ist nämlich nicht nur ein Spielwarenladen, sondern gleichzeitig auch ein Café für abgehetzte und entnervte Mütter. Vor dem Cafébereich sind einige Spiele für Kinder aufgebaut, sodass man auch sicher sein kann, wenigstens beim Kaffeetrinken seine Ruhe zu haben.

Außerdem rekrutieren sie kurz vor Weihnachten immer jede Menge hübsche junge Männer als Hilfsarbeiter, die an der Kasse stehen, Geschenke einpacken oder einfach nur gut aussehen.

Ich muss sagen, das Konzept des Ladens geht auf. Vor Weihnachten ist es dort immer brechend voll und man sieht fast nur Mütter, Tanten, Großtanten oder Großmütter, die für ihre Liebsten Geschenke kaufen und nebenbei noch einen Blick auf diese Leckerbissen erhaschen wollen.

Gott sei Dank ist es aber bis Weihnachten noch eine Weile hin.

Ich sitze mit Jan an einem der Tische und trinke einen Cappuccino, während er seine Waffel isst. Neben uns sitzt eine Mutter mit ihren zwei Söhnen, der eine fünf, der andere sieben, vielleicht.

Die Mutter ist Ende vierzig, trägt roten Lippenstift, hat leicht blondierten Strähnchen und dazu sehr passend, ganz leger, eine braune Feincordjacke über die Schultern geworfen.

Eine Anwaltsfrau.

Oder eine Arztfrau, die mit der goldenen MasterCard ihres Mannes los geschickt wurde, damit er seinen knappen Feierabend ohne die nervenden Blagen und seine nörgelnde Frau verbringen kann.

Der größere Junge kommt wieder und bringt ihr ein Stück Kuchen mit.

„Danke Danny, das hast du toll gemanagt."

Meine Augen werden groß. *Was hat sie da gerade gesagt?*

Ich überlege, wie Jan mich anschauen würde, wenn ich so mit ihm redete.

„Mensch klasse, Jan. Du hast es wirklich großartig hinbekommen, dich deiner Hinterlassenschaften selbst auf der Toilette zu entledigen, ohne dass ich daneben stehen und Händchen halten musste."

Oder: „Vielen Dank Jan, für dein Verständnis, dass ich dich schon um sieben Uhr ins Bett bringe, weil du ja morgen wieder in den Kindergarten musst und weißt, dass du morgen früh müde sein würdest, wenn du heute Abend zu lange aufbliebest."

Ich schaue mich um. Einen leicht bitteren Beigeschmack hat dieses Café für mich leider bekommen, als ich gesehen habe, dass die nette Dame hinter dem Tresen unheimlich viel Ähnlichkeit mit Maria hat.

Ben!

Arschloch!

Eine Woche ist es jetzt her, dass wir uns nicht mehr gehört haben. Naja, gar nicht gehört ist gelogen.

Er bombardiert mich mit Nachrichten und Anrufen, aber ich reagiere mit teilnahmsloser Missachtung.

Er bequatscht meine Mailbox mit Dingen, wie „Ich liebe dich, bitte gib mir noch eine Chance."

Klar, kein Problem. Warte, lass mich kurz überlegen. Ach ja. Schau mal, was ich hier habe. Eine Zeitmaschine!

Nimm diese, setze dich rein, drehe die Zeit zurück, mache alles anders, werde vernünftig und dann können wir gerne noch mal über Freundschaft Plus, Beziehung oder Hochzeit reden.

Scher dich zum Teufel!

Links neben uns am Tisch sitzt eine junge Familie mit einem dicken Kind. Ob es Junge oder Mädchen ist, kann man von hinten nicht erkennen. Was man allerdings sehr gut erkennen kann, ist die Frisur: VoKuHiLa.

Na schau mal einer an!

So etwas seinen Kindern anzutun, sollte verboten werden. Jemand sollte das Jugendamt einschalten, das grenzt ja schon an Kindeswohlgefährdung.

Ein lustiges Spiel, welches ich gerne immer wieder mit mir selbst spiele wenn ich hier bin ist:

„Raten, welches Kind zu welchen Eltern gehört".

Da drüben zum Beispiel.

Der kleine blonde Junge, mit der runden Brille.

Er steht alleine bei den Playmobilautos.

Mein Blick schweift durch den Laden. Wenn er mit seinem Vater hier wäre, welcher von den Männern im Raum könnte es wohl sein?

Ah, ich sehe ihn.

Blonde Haare, runde Brille.

Der gleiche erschrockene Gesichtsausdruck wie der Kleine. Nicht, dass sie beide wirklich erschrocken sind. Aber ihre Augen sind so kugelrund, dass sie so aussehen, als ob sie gerade einen Geist gesehen hätten.

Runde Brille, runde Augen.

Tolle Kombination.

Er geht auf den Jungen zu, nimmt ihn an die Hand und verlässt mit ihm den Laden.

Bingo. Ich wusste es.

Voller Genugtuung schlürfe ich den Schaum meines Cappuccinos und wische mir danach den Milchbart ab.

Vor uns taucht ein kleines Mädchen auf, um sich an der aufgebauten Holzeisenbahn zu schaffen zu machen.

Süß ist sie mit ihren braunen langen Haaren und den dunklen Reh-Augen und diesen… Schuhen. Oooh… die will ich auch haben.

Pinke Sneakers mit Glitzer durchsetzt, lilafarbenen Peace-Zeichen und das Beste: Bei jedem Schritt, den sie macht, blinken türkisfarbene Lämpchen an den Seiten auf.

Es lebe der Kitsch. Goldig!

Jan geht spielen und ich wende mich wieder meinem Cappuccino zu. Viele der anwesenden Männer hier sind in meinem Alter. Natürlich alle von ihnen mit einer Frau an ihrer Seite oder wenigstens einem Kind an der Hand.

Und ich? Ich sitze hier als dreißigjährige Singlefrau und frage mich, ob ich den Rest meines Lebens als ewige Geliebte dieses Idioten verbringen werde.

Ach ne!

Das hatten wir ja schon geklärt.

Das nun nicht mehr.

Na gut, dann halt als ewiger Single. Auch nicht unbedingt erstrebenswert, aber immer noch besser. Was bin ich auch so bescheuert gewesen und habe mich mit fast dreißig getrennt? Hätte ich das nicht mit achtundzwanzig tun können? Langsam beginne ich mein Alter zu hassen.

Männer in meinem Alter sind alle vergeben.

Und die, die Single sind, sind leider komplett bescheuert und/ oder beziehungsgestört.

Allgemein können Leute, die zwischen dreißig und vierzig Single sind, nicht ganz richtig im Kopf sein.

Ich glaube, die wirklich guten Männer sind erst wieder Single, wenn sie vierzig und älter sind.

Na toll.

Zehn Jahre noch warten.

Es gibt zwar auch Männer unter dreißig, die Single sind und nicht komplett bescheuert.

Aber wenn die mein Alter hören, rennen die doch schreiend weg. Da wäre achtundzwanzig doch besser gewesen.

Tja, Greta. Zwei Jahre zu spät.

Platsch!!!

Der kleine Sohn der Anwalts-/Arztfrau stolpert, als er mit seiner mittlerweile dritten Fanta in der Hand wieder kommt, über seine eigenen Füße und ergießt den Inhalt des Bechers über den kompletten Fußboden und die weiße Stoffhose seiner Mutter.

„Constantin!", entfährt es ihr. „Das kann doch wohl nicht wahr sein. Du hast alles versaut. Jetzt sag der Bedienung Bescheid, sie soll das hier sauber machen!"

Ich verkneife mir ein Grinsen.

Anwaltsfrau. Ganz klar!

***

1.   Tätowieren lassen
2.   In ein Flugzeug steigen
3.   Den Mann fürs Leben kennenlernen
4.   Eine berühmte Sängerin werden

Ich habe mir die Liste an meinen Kühlschrank gehängt, damit ich mir immer wieder vor Augen halte, was ich noch zu tun habe.

Jetzt, wo Ben endgültig aus meinem Leben verschwunden ist, muss ich mich auf andere Aufgaben konzentrieren.

Vorbei die Zeit des Verständnisvollseins, vorbei die Zeit des Verarschenlassens, vorbei die Zeit des besten Sexes der Welt.

Oh Mann.

Das stört mich wirklich. Ich kann ja auf alles verzichten, aber auf diesen Sex… Das ist ein mittelschweres Drama.

Also neue Aufgaben.

Vielleicht sollte ich die Liste um Dinge erweitern, die etwas realistischer sind?

Gut, das Tätowierenlassen ist nicht so unrealistisch. Wobei, wenn ich es recht überlege: Bei meiner panischen Angst vor allem, was wehtun könnte, ist es das doch.

Ich habe mir zum Beispiel erst mit siebenundzwanzig Ohrlöcher stechen lassen, weil ich sechsundzwanzig Jahre lang zu viel Angst vor den Schmerzen hatte.

Die Geburt meines Sohnes habe ich nur unter PDA-Einfluss überstanden und beim Zahnarzt lasse ich mir Karies nur mit dem Sandstrahler entfernen, der eigentlich für die Behandlung von Kindern gedacht ist, damit es nicht weh tut.

Also realistischere Ziele… Hmmm… Ich würde ja gerne mal ein bisschen um die Welt reisen, aber dazu fehlt mir dann doch als arme Studentin irgendwie das Geld.

Also auch nicht realistisch.

Gut, dann bleiben wir erst mal bei den vier noch übrig gebliebenen Punkten.

Ben vergessen.

Das könnte man als 5. Punkt mit auf die Liste setzen.

Wobei das irgendwie auch unrealistisch ist.

Wie soll ich den Mann vergessen, der perfekt zu mir passt?

Mit dem der Sex jedes Mal eine magische Verbindung war?

Wie soll ich den Mann vergessen, der in jedem Moment das sagte, was er meiner Meinung nach hätte sagen müssen? Der immer auf mich aufpasste?

Der sich immer um mich kümmerte? Der meine Gedanken lesen konnte? Ich weiß es nicht. Ich weiß nur eins: Ich muss!

Und nehme *Ben vergessen* als Punkt 5 mit dazu.

***

Die Leere kommt.

Sie überrollt mich wie eine Welle, die am Strand anrauscht, immer größer wird, um sich dann vor mir zu brechen und das Wasser langsam über mich hinweg schwemmt.

Ich quäle mich durch den Tag. Fühle mich, wie eine Marionette, die nur noch funktioniert, fremdbestimmt von jemandem, der meine Fäden in der Hand hält. Innerhalb von kürzester Zeit bin ich jetzt zwei Mal verlassen worden. Gut, diesmal hab ich die Sache beendet, aber deswegen tut es nicht weniger weh.

Es scheint als ob die Trauer, die ich zu Anfang spürte, als Ben unsere Beziehung beendete, in den letzten Wochen der Euphorie nur eine kurze Pause gemacht hat, um jetzt wieder mit voller Wucht zuzuschlagen.

Ich sitze auf Luisas Sofa. Vor mir eine Wolke aus Rotzfahnen.

Ich liebe ihre Wohnung.

Hier ist alles irgendwie kuschelig. Überall liegen Teppiche verstreut auf dem dunkelbraunen Laminat in Holzbohlenoptik, kleine kitschige Kerzenständer stehen überall verteilt.

Das sowieso schon kuschelige Sofa ist von zahlreichen Kissen bedeckt und nochmals mit drei weiteren Decken versehen.

Bei ihr kann man sich nur wohlfühlen. Ihre Wohnung und vor allem ihr Badezimmer dienten mir, als ich nach der

Trennung von Stefan auszog, uneingeschränkt als Vorlage für meine eigene Wohnungsgestaltung.
Luisas Bad ist dekoriert mit Grußkarten und Sprüchen, die an den Wänden verteilt sind.
Das ist ne super Sache.
Denn wenn man solche Karten an den Wänden hängen hat, erweckt das den Eindruck, als ob man total viele Freunde hat, die einem diese Karten geschenkt haben.
Obwohl eigentlich jeder weiß, dass das nicht so ist.
Das vermute ich zumindest.
Zumindest bei mir ist es nicht so.
Ich habe mir jede meiner Karten selbst gekauft, die jetzt die Wände meines Wohnzimmers mit geistreichen Sprüchen wie „Ich wäre lieber reich als sexy, aber was soll ich machen..."
Oder „Scheiß auf den Prinzen, ich nehm den Gaul" schmücken.
„Greta, jetzt vergiss ihn. Wie oft soll er dir denn noch das Herz brechen? Du solltest so einem Idioten keine Träne nachweinen. Er ist keine einzige von ihnen wert."
Ich schaue Luisa aus verheulten Augen an:
„Doch, ist er. Er war nicht nur mein Liebhaber, er war mein bester Freund. Er ist die Liebe meines Lebens, nur leider so beziehungsgestört, dass er nicht dazu in der Lage ist, eine normale Partnerschaft zu führen."
Luisa nimmt einen Schluck Kaffee und wagt sich auf dünnes Eis: „Das sagst du. Ich sehe das anders. In meinen Augen hat er dich nur benutzt."
Mir fällt die Fassung aus dem Gesicht.
„Du warst ja auch nie dabei, wenn wir uns getroffen haben. Du hast nie gehört, was er gesagt hat, du hast nie gesehen wie er mich angeschaut hat."
Langsam werde ich sauer. „Du hast nie erlebt wie er mich festgehalten hat, ich war nicht nur ne Nummer!"

Ich stehe auf und muss irgendwo gegen treten.

„Oh Mann, jetzt beruhig dich. Ist ja schon gut, ich habe verstanden", versucht Luisa mich nun zu besänftigen.

„Er war der erste Mann, bei dem ich beim Sex einen Orgasmus hatte."

Luisa überlegt: „Hmm… Das ist tatsächlich ein Argument", und grinst mich schief an.

Ich muss lachen.

Um im nächsten Moment gleich wieder zu heulen.

Ich bin totunglücklich.

Ich weine um mich selbst und meine bittere Situation. Ich weine um so etwas Großes, wie ich es in meinem Leben noch nie zuvor erlebt habe und vor allem weine ich, weil ich Angst habe, so etwas in meinem Leben vielleicht nicht noch einmal erleben zu dürfen.

Als ob Luisa Gedanken lesen könnte, ermuntert sie mich: „Hey, du wirst schon noch einen Mann kennenlernen, der genauso gut zu dir passt wie Ben. Bei dem du genau das gleiche fühlst und eine große überirdische Liebe erleben wirst."

Ich schaue sie hoffnungslos an.

„Und genau das ist der Punkt. Jetzt, wo ich so etwas erlebt habe, kann und werde ich mich nicht mehr mit Kompromissen zufrieden geben. Wie hoch ist die Wahrscheinlichkeit, dass ich so einen Menschen noch mal treffe? Sicherlich gibt es da draußen mehrere Männer, bei denen es genauso wäre. Aber die leben über den ganzen Erdball verstreut. Wie wahrscheinlich ist das? Ich muss ihn erst mal treffen, dann muss ich ihn kennenlernen und dann muss er mich auch noch toll finden."

Ich heule weiter.

Luisa wirkt so, als ob sie langsam verzweifelt.

„Aber nun überleg doch mal. Alex wäre auch echt ein Kandidat gewesen."

„Alex hat sich nie wieder gemeldet", falle ich ihr ins Wort. „Da stimmten vielleicht die beiden ersten Zufälle, aber der dritte, dass er mich auch toll findet, leider nicht."

„Ach das weißt du doch gar nicht", erwidert Luisa nachdrücklich.

„Es kann doch wirklich sein, dass es gute Gründe dafür gibt, dass er sich nicht gemeldet hat."

„Ja klar kann das sein. Er könnte meine Telefonnummer verlegt haben, ins Koma gefallen sein, oder aber: ER STEHT EINFACH NICHT AUF MICH!"

Ich werde lauter.

Luisa wird sauer.

Das merke ich, weil die kleine Ader auf ihrer Stirn beginnt, verräterisch hervorzutreten. Augenblicklich tut mir schon wieder leid, dass ich so blöd zu ihr bin.

Sie versucht mich ja nur aufzumuntern. Und ich weiß, dass sie Recht hat: Es gibt sie.

Die Liebe meines Lebens und ja, sie wird mich finden.

Nur leider ist es immer noch Ben, der mein Herz einnimmt. Und es wird noch eine Weile dauern, bis die Wunden vernarben.

„War nicht so gemeint", sage ich.

Luisas Blick wird weich.

„Ich weiß. Ist schon okay. Ich verstehe dich. Damals bei Rüdiger ging es mir auch monatelang furchtbar. Deswegen versuche ich ja, dir klar zu machen, dass du nach vorne blicken musst. Ich will nicht, dass du so lange leidest, wie ich es musste."

Rüdiger war in der Tat jemand, der Luisa fast zur Verzweiflung trieb. Es war noch zur Zeit ihres Studiums. Rüdiger war ein Kommilitone von ihr und hielt sie fast zwei Jahre mit den Worten, „er würde sich von seiner Freundin trennen, da er ja nur sie liebte", hin.

Er beteuerte ihr immer wieder, dass sie die einzige Person auf der Welt wäre, die ihm wirklich etwas bedeuten würde. Luisa glaubte ihm und hörte nicht auf zu hoffen. Traf sich regelmäßig mit ihm, erlebte die größten Glücksmomente ihres Lebens, um danach immer wieder in ein tiefes Loch zu fallen.

Natürlich hatte er sich nie getrennt.

Obwohl Luisa vielleicht wirklich die Liebe seines Lebens war. Aber er war zu feige, zu bequem und zu schwach. Typisch Kerl.

„Lass uns heute Abend was trinken gehen", ermuntert mich Luisa. „Du musst raus und dich ablenken. Ich ruf Jule an und frage sie, ob sie mitkommt, dann hast du doppelt Unterstützung."

Ich bin ihr so dankbar für diese Idee und willige ein.

***

Das *Schröder's* ist eine gemütliche, schon sehr alte Kneipe mitten in Braunschweigs Altstadt. Von außen erkennt man lediglich die hell erleuchteten tiefliegenden Fenster, die dem alten Fachwerkgebäude den Eindruck einer alten Kaschemme der Londoner City im achtzehnten Jahrhundert verleihen.

Lärm und Gelächter dringen heraus und es fühlt sich gut und einladend an, als wir die warmen Kellerräume betreten.

Luisa, Jule und ich drängen uns durch die Menge zu einem der wenigen freien Tische.

Die Luft ist so stickig, dass man kaum atmen kann, aber ich liebe es. Unter so vielen Menschen ist es schwer möglich, sich einsam zu fühlen.

Jule ist gerade dabei, Luisa Wort für Wort von ihrer Begegnung mit Inge zu erzählen.

„… und dann fing sie an zu wettern wie ein Rohrspatz, dass Ben ja wohl der letzte Betrüger auf Erden sei und sich endlich mal entscheiden soll und es ja wohl das allerletzte wäre, dass er seine schwangere Frau betrügt…"

Luisa amüsiert sich köstlich.

Ich schaue verzweifelt in der Gegend herum.

„Können wir nicht mal das Thema wechseln?", frage ich schließlich. „Ich meine, wir sind doch hier, damit ich auf andere Gedanken komme. Zumindest auch."

Jule verstummt augenblicklich und betrachtet mich nachdenklich.

„Sie sieht doch sehr skandinavisch aus", geht es mir durch den Kopf. Ihre extrem hellblonden glatten Haare und dazu die hellblauen Augen bedienen jedes Klischee.

Zwar ist sie schon fünfundzwanzig, würde mir aber jemand sagen, sie wäre siebzehn, würde ich es auch sofort glauben.

Luisa stößt mich von der Seite an.

„Ach komm schon. Jetzt sei mal nicht so verkniffen. Wir sind doch gleich fertig und dann können wir gerne über was Anderes reden, aber ich muss wissen, wie es weiter geht."

Ich gebe nach.

„Okay, ich geh aufs Klo. Und dann suche ich jemanden, der uns was zu trinken bringt."

„Gute Idee", erwidert Jule, „ich nehme einen Ginger Ale. Luisa?"

Sie schaut fragend in ihre Richtung.

„Ich brauche ein Bier. Was du nimmst, weißt du ja selber", sagt sie und grinst mich an.

Ich stehe auf und bahne mir meinen Weg in Richtung der Toiletten.

„Ich sollte mal aufhören, so egoistisch zu sein", denke ich. Außerdem muss ich langsam damit klar kommen, dass

Ben nicht mehr zu meinem Leben gehört und das auch endgültig so bleiben wird.

Vor der Toilettentür hat sich eine Schlange gebildet.

Meine Güte, der Laden ist echt gut besucht.

Mein Blick wandert durch die Kneipe, während ich auf einen freien Toilettenplatz warte. Der Vorraum vor den Toiletten ist zugepflastert mit Filmplakaten.

Uma Thurman räkelt sich lasziv mit einer Zigarette in der Hand auf einem Bett und schaut mich an, als wollte sie sagen:

„Hey Babe, lass die scheiß Kerle doch alle scheiß Kerle sein! Du hast was Besseres verdient!"

Pulp Fiction.

Wie ich diesen Film geliebt habe. Gefühlte hundert Mal habe ich ihn gesehen. Damals, als ich noch jung war. Mit meiner besten Freundin, mit meinem besten Freund, alleine, mit der Clique. Auf Videokassette. DVDs waren damals noch ein Fremdwort.

Für einen Moment bin ich wieder achtzehn und stehe mit Sophie auf der Tanzfläche. Es war Silvester und wir verbrachten den Abend auf einer Pulp Fiction Party.

Sie war herausgeputzt wie Vincent Vega, mit zurück gegelten Haaren und Pferdeschwanz im Anzug.

Ich ging als Mrs. Mia Wallace mit schwarzer Schlaghose und weißer Bluse, die oberen drei Knöpfe geöffnet. Die Haare brauchte ich nicht zu machen, denn ich rannte zu der Zeit ohnehin mit einem schwarzen Bob und einem Pony, den man auch mit einem Brett vor dem Kopf hätte verwechseln können, herum.

Girl... dumm dumm dumm dumm... You'll be a woman soon...

Unsanft werde ich aus meinem Traum gerissen, als ich merke, wie ich nach vorne gestoßen werde, strauchele und mich soeben noch am nächsten Barhocker festhalten kann, bevor ich hinfalle. Ich drehe mich um und sehe aus dem Augenwinkel, wie sich hinter mir eine waschechte Schlägerei anbahnt. Da sich die Schlange vor mir scheinbar in Luft aufgelöst hat, flüchte ich auf die Toilette und komme schwankend vor dem Spiegel zu stehen.

Meine Fresse, das war knapp.

Ich beruhige mich.

Gehe betont langsam auf die Toilette und sitze noch fünf Minuten länger auf dem verschlossenen Klodeckel, in der Hoffnung, dass sich die Prügelnden verzogen haben, wenn ich wieder heraus komme. Meine Hose vibriert.

Nein, es ist nicht meine Hose.

Es ist das Handy in meiner Hosentasche.

Mir wird schlecht.

Es gibt nur einen, der mir um diese Uhrzeit noch eine SMS schreiben könnte.

Mit zitternden Fingern fummle ich in meiner Tasche, bis ich das Handy schließlich erwische.

Ben, natürlich. „Hey, ich vermisse dich. Deine Stimme, deinen Geruch, deine Nähe. Sag mir bitte, was los ist. Warum meldest du dich nicht mehr? Ich liebe dich.“

Ich starre auf den Text.

Seitdem ich von dem Betrug erfahren habe, habe ich Bens Kontaktaufnahmen ignoriert. Er weiß bis heute nicht, was Sache ist.

Ich bin unentschlossen. Aber ich antworte.

Ich erinnere mich an Uma Thurman.

„Du Scheißkerl hast mich betrogen! Ich hab was Besseres verdient als dich. Verschwinde einfach aus meinem Leben und ruf mich nie wieder an!“

Senden!

Ich stehe auf und fühle mich besser.

Vor um sich schlagenden Kerlen habe ich keine Angst mehr.

16

Hallo Maria,

ich weiß, wir haben uns nur einmal kurz gesehen, aber ich bin mir sicher, dass du weißt, wer ich bin. Ich wollte dir einige Sachen über Ben erzählen.

Ich weiß, dass du wohl in der zwölften Woche schwanger von ihm bist. Mir hat er letztes Wochenende, als er das letzte Mal bei mir war, erzählt, es wäre erst die achte. Natürlich hat er das, denn vor zwölf Wochen war er noch fest mit mir zusammen und das würde bedeuten, dass er zugeben müsste, dass er mich mit dir betrogen hat.

Wir waren zusammen vom 03. Mai bis zum 08.Juli. Da hat er sich von mir getrennt.

Danach wollte er aber weiterhin mit mir Kontakt halten und hat mich überredet, mit ihm ein Wochenende nach Berlin zu fahren. Das haben wir am 22. Juli dann auch gemacht und uns danach weiterhin regelmäßig getroffen. Vor sechs Wochen war ich meine Freundin in Elmshorn besuchen. Dort hat er mich abgeholt und danach sind wir zu ihm nach Hause gefahren.

Vor zwei Wochen haben wir uns das letzte Mal gesehen. Da hat er mir auch erzählt, dass du schwanger von ihm bist.

Ich habe meine „Affäre" mit ihm beendet. Normalerweise liegt mir nichts ferner, als im Anschluss Rache zu üben oder irgendwen aufzuhetzen.

Aber in diesem Fall war es mir irgendwie wichtig, dass du das alles weißt.

Würdest du Ben damit konfrontieren, würde er natürlich alles abstreiten und dir versuchen einzureden, dass die Frauen alle irgendwie merkwürdig sind und er überhaupt nicht weiß, warum er immer in solche Situationen gerät.

Es kann natürlich auch sein, dass du das alles weißt und dass es okay für dich ist, oder dass du es gar nicht wissen willst. In diesem Fall betrachte meine Email als nichtig.

Vergiss alles, was ich geschrieben habe und wirf sie in den Papierkorb.

Ich wünsche dir alles Gute für dich und dein Baby.

Greta

Abschicken... löschen... abschicken... löschen...
Ach scheiße!
Ich stehe auf, gehe in den Garten, setze mich in meinen tollen Gartensessel und zünde mir eine Zigarette an.
Ich atme tief ein und wieder aus.
„Denk nach. Mach keinen Mist", redet mir mein Gewissen gut zu.
Ich frage mich, wer hier Mist gemacht hat und ob es mir nicht einfach das Recht gibt, auch mal Mist zu machen.
Warum muss ich eigentlich immer einen kühlen Kopf bewahren? Warum muss ich immer vernünftig sein, während um mich herum jeder nur nach seinen Instinkten handelt?
Na gut, nicht jeder.
Aber Ben zumindest.
Ich drücke die halb aufgerauchte Kippe im Aschenbecher aus und gehe wieder zu meinem Laptop.
Abschicken... löschen... abschicken?

Speichern, um eventuell zu einem späteren Zeitpunkt gesendet zu werden.

Das erscheint mir in diesem Moment als die beste Idee.

Ich ziehe meine Turnschuhe und meine Jacke an und werfe mir einen Schal um.

Es ist kalt geworden und als ich mit Nasemann joggen gehe, pfeift mir ein frischer Herbstwind um die Ohren. Es ist nicht zu leugnen, der Sommer ist vorbei.

Die Maisfelder sind gehäckselt.

Ein untrügliches Zeichen dafür, dass Regen- und Matschwetter vor der Tür steht.

Aber auch, dass das nächste Semester bald wieder losgeht.

Ich freue mich darauf. Dadurch werde ich mal wieder auf andere Gedanken kommen und etwas mehr unter Leute.

Mein Semesterplan steht so gut wie fest.

Ein Jahr noch und dann werde ich endlich in die Schule gehen. Werde mich als bemitleidenswerte Referendarin von den Schülern traktieren lassen können.

Egal! Hauptsache raus und nicht mehr zu Hause hocken.

Nasemann trabt weit voraus. Wir laufen die Hauptstraße hoch in Richtung Nachbardorf.

Die grünen Blätter der Alleebäume sind blass geworden und die satte Farbe weicht einem bräunlich gelben Schimmer.

Ich liebe den bevorstehenden Oktober.

Das Wetter wird zum letzten Mal noch mal sonnig werden und ein Herbstspaziergang im gold-gelb leuchtenden Wald ist das Größte.

Ja, ich muss sagen, eigentlich ist es meine Lieblingsjahreszeit, wäre sie nicht der sichere Vorbote für den Winter.

Ein Auto hupt und ich schrecke aus meinen Gedanken.

Aus dem Augenwinkel sehe ich plötzlich einen schwarzen kleinen Schatten über die Straße huschen und einen rostfarbenen Polo, der mit quietschenden Reifen zum Stehen kommt.

„Nasemann! Hierher!", brülle ich, als ich bemerke, dass mein Hund im Alleingang die Straßenseite wechseln will.

„Ich sollte mal weniger vor mich hinträumen", denke ich und renne zu dem Auto.

Die Tür öffnet sich und ich will gerade ein: „Entschuldigung, ist alles okay?", herausbringen, als ich in zwei blitzende braune Augen schaue.

Moritz blickt mich schief an.

„Du?", frage ich mit aufgerissenen Augen. „Moritz, oh Gott! Ist alles okay?"

„Hey! Du sag mal, ich glaube dein Hund ist mir gerade beinahe vors Auto gelaufen."

Ich werde rot.

„Tut... tut mir leid", stammle ich. „Ich war in Gedanken und hab nicht aufgepasst."

„Das habe ich wohl gemerkt", entgegnet er und ich weiß immer noch nicht, ob er sauer ist.

„Es tut mir total leid", wiederhole ich mich. „Ist dir was passiert?"

Er schaut an sich herunter. Nimmt einen Arm und tastet ihn ab. Dann schaut er sich seine Hände an und zählt seine Finger.

„Hmm...", überlegt er. „Scheint noch alles dran zu sein. Die Umstände, unter denen wir uns begegnen, sind immer ganz schön gefährlich, findest du nicht?"

Ich fasle etwas von dem ich nicht genau weiß, was es bedeuten soll.

Er sieht mich stocksteif an.

Dann fängt er an zu lachen.

„Mensch Gretalein, du solltest dich mal sehen. Stehst da, wie ein Häufchen Elend und bringst kein Wort mehr heraus.

Ich dachte, du bist eine selbstständige junge Frau, die nicht auf den Mund gefallen ist."

Ich bin erleichtert.

„Mann, wie kannst du mich so erschrecken? Ich dachte, du wärst total sauer."

„Erschrecken?", wiederholt er meine Wortwahl.

„Wer hat denn hier bitte wen erschreckt?"

Er lacht immer noch. „Ich überfahre fast deinen Hund, weil er mir vors Auto läuft und du wirfst mir vor, ich würde dich erschrecken."

Dann fasst er mich am Arm und schaut mir in die Augen: „Hey, ist alles okay. Ist doch noch mal gut gegangen."

Ich bemerke, wie ich zu schlottern anfange.

„Vielleicht sollten wir versuchen, uns nur noch an der Käsetheke über den Weg zu laufen", versuche ich zu witzeln.

Er stimmt mir zu: „Ja, das scheint weitaus sicherer zu sein, als dir auf offener Straße oder beim Osterfeuer zu begegnen."

„Hey!", beschwere ich mich grinsend und kneife ihm in den Arm.

Er schaut auf seine Uhr.

„Verdammt, ist spät. Ich muss los. Anzug für die Hochzeit anprobieren."

„Na dann hüh", entgegne ich und will gehen.

„Und hey Gretalein, denk dran",

er zwinkert mir zu, „nur noch an der Käsetheke. Alles andere ist zu gefährlich."

Ich spüre, wie ich zum zweiten Mal rot werde.

Doch Moritz sieht es nicht mehr, denn er ist bereits in seinem Auto verschwunden und auf dem Weg zum Schneider.

***

„Wir möchten sie gerne Fragen, ob sie glauben, dass Gott sich noch für die Menschheit interessiert."

Äääh... bitte was?

Die zwei Damen vor meiner Haustür, beide in dunkelbraune Röcke gekleidet, lächeln mich mit derselben Maske an. Sie könnten Schwestern sein, obwohl sie sich nicht im Geringsten ähnlich sehen. Wahrscheinlich ist es deren dümmliches Grinsen, welches sie auf der Rekrutenschule der Zeugen Jehovas in monatelangen Seminaren eingebläut bekommen haben, was sie so gleich aussehen lässt.

Ich stottere.

Mal wieder eine der Situationen, in denen ein großer Auftritt gefragt wäre, ich aber nichts weiter heraus bekommen als ein „Äh... Hm... Däp..."

Das ist mal wieder typisch Naivchen.

Wenn es morgens um halb zehn an der Haustür klingelt, kann es niemand sein, außer der GEZ oder eben der Zeugen Jehovas.

Der Postbote kommt immer erst um elf Uhr und keiner meiner Freunde hätte um diese Uhrzeit die Muße, mich einfach so zu besuchen.

Die beiden Schwestern grinsen immer noch.

Ich muss zugeben, es fällt mir verdammt schwer, die beiden abzuwürgen und ihnen die Tür vor der Nase zuzuschlagen, weil sie so nett aussehen. Aber ich reiße mich zusammen.

Großer Auftritt, jetzt bitte:

„Ähm... Also, ehrlich gesagt... Hmm... Habe ich an einem Gespräch dieser Art kein Interesse. Tut... tut mir sehr leid. Ich hoffe, sie können das verstehen."

Ich blicke sie hoffnungsvoll an.

Glücklicherweise ist es das klingelnde Telefon, welches mich aus dieser Situation rettet.

Ich entschuldige mich ein weiteres Mal und erkläre, dass ich einen wichtigen Anruf erwarte, der sich gerade bemerkbar macht und schließe die Tür.

Puuh... Glück gehabt.

Hastig laufe ich zu meinem Handy und mir stockt der Atem, als ich den Namen des Anrufers auf dem Display lese.

Ben!

Verfluchter Egoist! Was fällt dir ein.

Ich verlasse den Raum und lasse es weiter klingeln. Nach gefühlten zehn Minuten ist das Handy wieder stumm.

Zwei Minuten später vibriert es.

„Oh Mann", denke ich, „jetzt schreibt er."

Doch als ich die Nachricht lese, ist es erfreulicherweise nur Jule, die mich fragen will, ob wir uns mal wieder auf eine Portion Spaghetti bei unserem Lieblingsitaliener treffen wollen.

Das hört sich gut an. Ich überlege, wo ich auf die Schnelle noch einen Babysitter herbekommen könnte und hoffe, dass Nina, ein Mädel aus dem Nachbardorf, die an Jan einen Narren gefressen hat, so kurzfristig Zeit hat. Ich rufe sie an, auch wenn das im Zeitalter von Textnachrichten eher altertümlich wirkt, aber ich muss das jetzt nun mal schnell klären. Sie kann! Super!

Kurz vor 19 Uhr parkt Jule ihren dunkelblauen VW Polo bei mir vor der Haustür, um mich abzuholen.

Nina ist schon seit halb sieben da und spielt mit Jan im Zimmer, während die Chicken Nuggets im Ofen brutzeln, sodass Jule und ich sofort los können.

Villa Rustica befindet sich in einem Vordorf von Braunschweig, an einer Straßenecke. Normalerweise sind es immer Griechen, die ihre Restaurants an der Ecke haben, weswegen Jule und ich immer über „den Griechen an der Ecke" witzeln.

Heute aber sitzen wir bei einem Italiener an der Ecke, der die besten Spaghetti der ganzen Umgebung macht.

Es ist voll heute Abend, wie jeden Tag und wir haben Glück, dass wir noch einen Tisch bekommen.

Jule bestellt ein Bier und ich eine Weißweinschorle. Meinem geliebten Jim Beam Cola kehre ich freiwillig erst einmal den Rücken.

Der Abend im *Schröder's* mit Jule und Luisa nahm kein gutes Ende, denn obwohl ich mir vornahm, mich abzulenken, ertränkte ich meinen Frust dann doch lieber in zahlreichen Whiskey Cola, was zur Folge hatte, dass ich ab zwei Uhr nachts den Abend mit Heulen verbrachte und den Aus-Schalter nicht fand.

Auch der anschließende McDonald's Besuch hob meine Laune nicht sonderlich, im Gegenteil, es machte alles nur noch schlimmer, denn dies war der McDonald's Laden, in dem ich so oft mit Ben saß, wenn wir uns heimlich in Braunschweig trafen.

Es waren also eindeutig mehrere Jim Beam Cola zu viel, sodass ich jetzt alleine bei dem Geruch schon einen Brech- und Heulreiz bekommen würde.

Unsere Getränke kommen.

Jule bestellt Spaghetti Arrabiata und ich Penne mit Meeresfrüchten.

Sie plappert fröhlich vor sich hin und erzählt mir von ihrem neuen Job, den sie als Sozialarbeiterin in einer Schule angefangen hat.

„Typisch Schule!", sagt sie. „Die Organisation an meinem ersten Arbeitstag war bombastisch. Keiner wusste, wer ich war. Keiner wusste, wo ich hin sollte, geschweige denn, was ich machen sollte."

Ich lache und nehme einen Schluck Schorle.

„Du hast dich trotzdem gut eingearbeitet, nehme ich an?"

„Ja, absolut. Ich liebe diesen Job. Und bei dir? Was gibt's Neues?"

Unsere Spaghetti kommen und ich verbrenne mir den Mund an den heißen Muscheln.

„Mist!"

„Bitte?"

„Ach nix. Alles gut. Mist nur wegen der heißen Muscheln." Ich puste auf meine Nudeln.

„Ach, bei mir gibt's nicht wirklich was Neues", sage ich. „Jan geht's super, von interessanten Kerlen keine Spur. Moritz hat fast meinen Hund überfahren, weil ich mal wieder in Gedanken war und nicht aufgepasst habe, dass der Köter nicht auf die Straße läuft."

Jule dreht sich Spaghetti auf ihre Gabel.

„Moritz? Wer ist Moritz?"

„Nur der Käsethekenverkäufer vom Edeka Markt", schmatze ich.

„Ja und? Wie sieht er aus? Woher kennst du ihn? Warum weißt du, dass er Moritz heißt?"

Ich erzähle Jule die dramatische Geschichte der Osterfeuerlebensrettung und sie spuckt ihre Spaghetti quer über den Tisch vor Lachen.

Ich reiche ihr eine Serviette.

„Na komm. So witzig ist das auch nicht. Ich fand es total peinlich."

„Oh doch, meine Liebe!", prustet Jule. „Das ist köstlich! Ich wäre gern dabei gewesen. Aber weiter. Sieht er gut aus?"

Ich kaue auf einem Stück Tintenfisch.

„Hmm... Ich weiß nicht. Man sieht nicht so viel unter seiner Käseverkäufermütze. Vielleicht... Aber er wird im November heiraten. Von daher, Haken hinter."

„Das ist ein Grund, aber kein Hindernis."

„Hallo?", frage ich mit gespielter Entrüstung.

„Das ist sehr wohl ein Hindernis. Ich werde bestimmt nicht einer anderen Frau den Typen ausspannen. Und hey! Du weißt, wie es ist, wenn du mit verheirateten Männern was anfängst. Du wirst dein Leben lang die zweite Geige spielen, weil sie sich eben nicht trennen."

Jule stimmt mir zu.

„Oder wie mit Männern, die Vater werden. Was ist eigentlich mit Ben. Was gehört?"

„Was gehört ist gut", erwidere ich und suche den Blick des Kellners, um mir noch eine Weißweinschorle zu bestellen.

„Ich würde sagen, so ungefähr drei Mal am Tag klingelt mein Handy und so zirka zehn Mal am Tag vibriert es, um mir zu verkünden, dass ich eine SMS habe."

Jule macht große Augen.

„Mannomann, der ist aber hartnäckig. So kenne ich ihn gar nicht."

„Was soll das jetzt heißen?"

Der Kellner kommt und ich bestelle die zweite Runde Getränke.

Jule schaut mich an.

„Nein, jetzt mal ernsthaft. So habe ich ihn bisher nicht erlebt. Wenn eine Weibergeschichte vorbei war, dann war es eben so. Der hat er keine Träne nachgeweint. Bei dir ist es wohl anders."

Ich nicke zufrieden.

„Wenigstens eine, die wahrnimmt, dass ich nicht nur ne Nummer für Ben war."

Jule stimmt mir zu.

„Das warst du anscheinend ganz und gar nicht."

17

Bald ist Semesterbeginn.

Endlich!

Ich sitze in meinem lackschwarzen Fiat Cinquecento und rase die Landstraße runter in Richtung Braunschweig, um mich für meine Vorlesungen einzutragen und den ein oder anderen organisatorischen Kram an der Uni zu erledigen. Meine Güte, bin ich froh, dass mein Leben bald endlich weiter geht. Wochenlang, so scheint es mir, ist nichts passiert.

Stillstand.

Leere.

Sackgasse.

Auch wenn es nur das Studium ist, was bald wieder weiter voran schreitet, so gibt es mir doch ein gutes Gefühl.

Klar, ich bin immer noch auf der Suche nach dem Mann fürs Leben und nein, ich suche nicht, sondern lasse mich finden.

Aber vielleicht sollte ich dem leidigen Thema Liebe in Zukunft nicht mehr Platz eins meiner Prioritätenliste überlassen, sondern es etwas weiter nach hinten schieben.

Emotionen aus!

Herrlich, wenn man so einen Schalter hätte. Irgendwo, wo man selber schnell dran kommt, aber andere nicht. Am Arm ist schlecht, da wird man gerne mal in einer

Unterhaltung angefasst. Auf dem Rücken ist noch schlechter, denn da wird man bei Umarmungen ständig berührt und kommt aber unter keinen Umständen schnell genug selber dran, wenn man den Schalter dringend braucht.

Während ich überlege, fällt mir auf, dass mir mittlerweile schon das fünfte Auto mit Hamburger Kennzeichen entgegen kommt.

Nicht, dass ich an Zeichen glaube.

Weiß Gott nicht.

Gut, dreizehn ist meine Glückszahl und ich jubele, wenn mir eine schwarze Katze von links nach rechts – Oder war es von rechts nach links? – über den Weg läuft, aber ich bin nicht abergläubisch.

Es war auch reiner Zufall, dass in den Nächten, die ich mit Ben verbrachte, zahlreiche Sternschnuppen fielen oder wir bei – was auch sonst – Vollmond spazieren gingen.

Es war nie ein langweiliger Halbmond und es war nie bewölkt. Die Sternschnuppen fielen auch immer in den perfektesten Momenten, entweder kurz vor dem Sex, während meines Höhepunktes, oder nachdem Ben kraftlos aber glücklich über mir zusammen sank.

Ich seufze.

Zurück zum Wesentlichen.

„Unter der Achsel wäre eine hervorragende Idee", denke ich mir. Da lasse ich nämlich niemanden dran.

Ich bin da viel zu kitzelig.

Andere Menschen, so scheint es mir, haben ihren Emotionsschalter viel besser im Griff.

Luisa zum Beispiel rief mich mal an und beschwerte sich über ein absolutes Horrorwochenende, weil ihr eine Tüte mit neu gekauften Schuhen im Hausflur geklaut wurde und sie das ganze Wochenende ihren damaligen Freund nicht erreichen konnte.

Bei der bloßen Vorstellung, dass ihr Freund nicht ans Telefon zu bekommen war, kriegte ich schon Hasspickel und fühlte mit, bemitleidete sie und versicherte ihr, dass alles wieder gut werden würde und dass der Arsch bestimmt nur sein Handy vergessen hatte zu laden.

Ich war schon fast selber den Tränen nahe, da teilte sie mir mit, dass das mit ihrem Freund doch scheißegal wäre, es ginge um die *Schuhe*!

Es wären niegelnagelneue Stilettos gewesen, nach denen sie schon so lange Ausschau gehalten und die sie nun, als letztes Paar in ihrer Größe zum absoluten Sonderpreis bekommen habe.

Sie echauffierte sich darüber, was das für ein Drama sei, während ich am anderen Ende der Leitung immer stiller wurde und das erste Mal in meinem Leben darüber nachdachte, dass ich vielleicht falsch herum fühlte.

Erst das Wesentliche, dann die Liebe.

So sollte es sein. Genau.

Dann wäre man weniger angreifbar, würde weniger heulen, weniger Frustschokolade essen, weniger Frustalkohol trinken und weniger Frustzigaretten rauchen.

Ein insgesamt gesünderer Lebensstil stelle ich fest und versuche, mich mal wieder zu ändern.

***

Aktueller Stand der Dinge: Mir geht es saugut.
Mir geht es saugut ohne Ben, mir geht es saugut ohne Männer.

Auch wenn ich momentan körperlich ein wenig angeschlagen bin, weil ich zweimal in Folge mit dem kleinen Zeh vor meine halb verschlossene Badezimmertür gerannt bin, kann ich mich nicht beklagen.

In den letzten Tagen schwappten meine Gefühle ständig wie dieses Blitzlichtdings in der Disco hin-her-hin-her-hin-her und zwar im Millisekunden Takt.

Den Höhepunkt erreichte es, als ich gestern in Braunschweig in einem dieser Kitschläden war und eine neue Grußkarte für mich und meine Wandverzierung suchte.

Als erstes fiel mein Blick auf eine Karte mit einem kleinen dicken faltigen Baby, was neben einem Shar-Pei saß, der mindestens genau so dick und so faltig war.

Das alleine rief keine Emotionen in mir hervor. Nun ja, sagen wir, fast keine. Als ich aber das Gesicht des Babys längere Zeit betrachtete, bekamen seine Züge immer mehr Ähnlichkeit mit denen von Maria und unwillkürlich stieg schon wieder ein Brechreiz in mir auf.

Mein Vorhaben, Maria die Enthüllungsemail zu schicken, habe ich glücklicherweise nicht in die Tat umgesetzt. Manchmal ist es doch schlauer, einige Tage über eine Entscheidung nachzudenken und in diesem Fall hat wenigstens einmal in meinem Leben mein Verstand den Kampf gegen meine Gefühle gewonnen.

Ich wandte meinen Blick von der Karte ab und war mir sicher, dass ich mehr als die richtige Entscheidung getroffen hatte. Ja, da war ich absolut sicher, bis...

Bis mein Blick auf eine Karte darunter fiel, auf der ein Regenbogen über dem Meer abgebildet war und auf der mit romantischer Schnörkelschrift stand:

„Was du liebst, lass frei. Kommt es zurück, gehört es dir - für immer."

Der anfängliche Brechreiz in Kombination mit der uneingeschränkten Überzeugung, die richtige Entscheidung getroffen zu haben, wich augenblicklich einem Heulkrampf und einer mich erschlagenden Ungewissheit.

War es richtig, dass ich den Kontakt abgebrochen habe?

Aber was zum Teufel ist im Leben schon richtig?

Es geht mir gut, es geht mir gut, es geht mir gut.

Mein Mantra für die kommenden Wochen.

Ich brauche keinen Ben.

Lalalalalala...

18

Heute ist Zoobesuch mit Jan angesagt.

Es ist ein verfluchter Feiertag und ich musste mir was Besonderes überlegen, damit wir diesen langen Tag ausfüllen können. Nicht, dass ich Feiertage nicht mag. Hätte ich eine unheimlich ausgefüllte Woche und unglaublich viel zu tun, würde ich mich über ein bisschen Ruhe zwischenzeitlich sicher freuen. Aber da mein Semester noch nicht angefangen hat, gibt es für mich aktuell nicht viel zu tun und die meiste Zeit des Tages verbringe ich leider immer noch damit, mich zu langweilen.

Also Zoo.

Das Wetter ist gut, Hannover ist eine gute Stunde entfernt, so verbringen wir schon mal zwei Stunden des Tages mit Autofahren. Den Rest der Zeit werden wir sicher ebenfalls gut um kriegen, denn der Zoo ist groß.

Sehr groß.

Das Wetter ist herrlich für Oktober und es gibt sicherlich keinen besseren Tag im Jahr für einen Zoobesuch, außer es wäre kein Feiertag gewesen. Denn geschätzt das gesamte Bundesland ist heute der gleichen Meinung wie wir und so verbringen wir schon mal eine halbe Stunde damit, einen Parkplatz in der Nähe – wenn man von Nähe überhaupt sprechen kann – zu finden und noch mal weitere zwanzig Minuten damit, zu Fuß von unserem

Parkplatz zum Zooeingang zu gehen.

Nichts desto trotz ist Jan hellauf begeistert beim Anblick von Nashörnern, Löwen, Giraffen und Orang-Utans.

Nachdem wir alle Tiere gesehen, drei Mal für jeweils zwanzig Minuten an den WCs in der Warteschlange gestanden haben und ich Jan gefühlte hundert Male hochgehoben habe, weil er hinter den Massen an fotografierenden Familienvätern arge Probleme damit hatte, einen Blick auf die wilden Tiere zu erhaschen, erleben wir den für meine Begriffe schönsten Teil des Zoobesuchs:

Wir setzen uns in ein Café mit angrenzendem Spielplatz. Die Sonne scheint, das Café ist selbstverständlich übermäßig voll, aber wir ergattern uns einen freien Tisch direkt neben dem Spielplatz und müssen sogar nur fünf Minuten für Kaffee, Kakao und Kuchen anstehen.

Ich sitze mit geschlossenen Augen auf meinem bunt bemalten Holzstuhl. Jan ist irgendwo in der Menge von kreischenden Kindern verschwunden und ich grinse mehr als selbstgefällig der Sonne entgegen.

Ja!

Es geht mir gut. Es geht mir sehr gut.

Kein Kontakt ist tatsächlich eine Lösung.

Auch wenn grundsätzlich erst mal ein Tal der Trauer unmittelbar nach Kontaktabbruch ansteht, so bin ich doch gerade dabei, wieder den Berg der Fröhlichkeit zu besteigen.

„Greta?"

Erschrocken reiße ich die Augen hinter meiner Sonnenbrille auf.

Diese Stimme kenne ich.

Ich muss ein bis zwei Mal blinzeln, um zu realisieren, dass es keine Illusion ist.

„Alex!", entfährt es mir. „Oh Gott, du? Was machst du denn hier?"

„Mann ist das schön, dich zu sehen!"

Er setzt sich auf den freien Stuhl mir gegenüber und strahlt mich an. Ich kann meine Augen vor Fassungslosigkeit kaum schließen und bin froh, dass sie hinter meiner Sonnenbrille verborgen liegen.

Es wäre mal wieder Zeit für einen großen Auftritt, bitte. Jetzt! Ach scheiße!

„Alex, was zum Teufel machst du hier? Und... und warum... also ich meine..."

Er hört überhaupt nicht mehr auf zu strahlen. Das ist mir fast unheimlich.

„Oh Mann Greta, ich dachte schon, ich würde dich nie wieder sehen."

„Was vielleicht daran liegen könnte, dass du nie angerufen hast?", stelle ich fragend fest.

„Ja... Ich weiß. Du hast Recht. Was ich jetzt sage, klingt auch nach einer wahrhaft abgedroschenen Ausrede. Aber... Wie soll ich es erklären? Mein Handy hat's erwischt und ich konnte es von einem Tag auf den anderen nicht mehr anschalten. Dementsprechend waren alle gespeicherten Nummern – auch deine – nicht mehr zugänglich und so konnte ich dich nie anrufen."

Ich tippe mit den Fingernägeln auf den Tisch.

„Du hast Recht, es klingt nach einer an den Haaren herbei gezogenen Ausrede."

Lass ihn erst mal zappeln. Tu so, als wäre es dir egal, dass du ihn hier triffst.

„Und ich habe jeden Abend, an dem ich arbeiten musste, darauf gehofft, dich noch mal zu sehen."

Er macht eine Pause und schaut mir in die Sonnenbrille.

„Aber du bist nie gekommen."

Ich warte.

Eine weitere Pause vergeht, bis ich antworte.

„Du hast Recht. Ich war nie wieder da."

„Warum nicht?"

„Warum nicht?", zische ich und beuge mich vor.

„Warum nicht? Weil ich dir sicherlich nach der Nummer, die du abgezogen hast, mit „Den-ganzen-Abend-nicht-beachten" und im Nachhinein auch nicht anrufen, obwohl du es ja unbedingt machen wolltest, nicht noch einmal über den Weg laufen wollte."

Alex sieht geknickt aus.

„Hast du denn nie daran gedacht, dass ich dich vielleicht anrufen wollte, es aber aus unerfindlichen Gründen einfach nicht ging?"

„Oh ja, das habe ich tatsächlich", erwidere ich triumphierend.

„Ich habe mir überlegt, dass du vielleicht im Koma liegst oder tot bist oder aber", und jetzt beuge ich mich schon wieder ganz nah zu ihm herüber und flüstere, „dass du mich vielleicht einfach nicht anrufen *willst*."

Ich freue mich über meine Ehrlichkeit und auch Alex muss lachen. Gott sei Dank, sonst hätte ich mich noch entschuldigen müssen, wonach mir momentan mal wieder überhaupt nicht der Sinn steht.

Wir schweigen einige Zeit vor uns hin.

Dann komme ich noch mal auf meine Ausgangsfrage zurück.

„Was machst du im Zoo?"

Alex lächelt mich hinreißend an.

„Siehst du diese kleine bezaubernde Maus da drüben auf dem Klettergerüst?"

„Die mit den langen braunen Haaren?"

Er nickt stolz.

„Genau. Das ist meine."

„Deine? Oh… Du… Wow… Sie ist wirklich entzückend."

Die Kleine schaut zu uns herüber und winkt Alex zu. Sie hat ein kornblumenblaues Sommerkleid an und darauf farblich abgestimmte Klämmerchen im Haar, um es aus dem Gesicht fern zu halten. Ihre tiefbraunen Augen leuchten voller Lebensfreude.

Ich bin bezuckert.

„Wie alt ist sie? Und... Wo ist... ähm..."

„Ihre Mutter?"

Ich nicke in der Hoffnung, dass er mir keine Antwort gibt, auf die eine peinliche Stille folgen wird.

„Sie ist jetzt fünf Jahre alt. Ihre Mutter und ich haben uns vor zwei Jahren getrennt. Eigentlich lebt sie bei ihr. Heute aber machen wir einen Vater-Tochter-Tag."

„Saugut!", entfährt es mir und ich könnte mir schon wieder eine knallen.

„Also äh...", stottere ich, „ich meine das mit dem Vater-Tochter-Tag und... überhaupt... dass sie euch so gut gelungen ist."

„Verstehe schon."

Alex grinst. „Sie heißt Luca."

„Auch das noch!"

„Wie?"

„Also ich meine, dass es ja klar war, dass sie auch noch einen zauberhaften Namen hat."

„Ach so."

Alex schaut gedankenverloren in der Gegend herum.

„Ja, den hat sie wirklich."

Die nächsten zwei Stunden vergehen wie im Flug und im Traum. Wir reden über so vieles, worüber wir bisher nicht die Chance hatten zu sprechen. Alex erzählt mir unter anderem, dass er mittlerweile Doktor der Chemie ist und eine Dozentenstelle an der Braunschweiger Universität bekommen hat, ich erzähle ihm von Jan und der Trennung von Stefan.

Ben und unsere Geschichte unterschlage ich bewusst. Es ist nichts, womit ich mich mit Ruhm bekleckern kann und ich möchte mich nicht gleich bei unserem dritten Gespräch als ehebrechende Geliebte eines werdenden Vaters outen.

Das hat noch Zeit, falls ich es überhaupt jemals erzähle.

Als wir uns verabschieden, tauschen wir erneut Telefonnummern aus und schreiben sie zur Sicherheit noch mal extra auf einen Zettel, damit ja nicht wieder so ein Unglück geschieht und wir uns erneut aus den Augen verlieren.

Ich muss Alex versprechen, dass ich mich auf jeden Fall bei ihm melde, sollte er es nicht tun. Denn er würde sich wirklich nur dann nicht melden, wenn er mal wieder meine Nummer nicht mehr hätte. Sonst, komme was wolle, unter allen Umständen, auf jeden Fall.

Ich sage ihm, dass ich es mir überlegen werde und zum Abschied nehmen wir uns fest in den Arm.

Der lackschwarze Cinquecento rast die A2 Richtung Braunschweig zurück.

Im Rücksitz ein zufrieden dreinschauendes schlafendes Kind.

Im Radio läuft „Für dich schlägt mein Herz" von Silbermond.

„Da muss ich erst nach Hannover fahren, um Alex wieder zu treffen", denke ich mir. Ein Lächeln drängt sich meinem Gesicht auf.

Mein Leben ist schön!

***

Krach!

„Verflucht, aua!"

„Meine Güte jetzt stellen sie sich doch nicht so an!"

„Okay! Ich versuche, mich zusammen zu reißen."

Der Physiotherapeut grinst selbstgefällig.

Jörg Winter steht auf dem kleinen weißen Plastikschild, welches an seinem beigen Polohemd befestigt ist. Meine Muskeln sind bis zum Zerreißen angespannt.

„Sie müssen schon locker lassen", ermahnt er mich.

„Gar nicht so einfach", ächze ich zurück.

Ich liege seitlich auf der ebenfalls in beige gehaltenen Krankengymnastikliege, ein Bein angewinkelt. Jörg Winter steht über mich gebeugt, hält meine angewinkelten Arme in seinem rechten Arm und mit der linken Hand mein Knie, sodass es ja nicht nach oben schnellen kann, wenn...

Mir schwant Fürchterliches...

Knacks!

„Oh Gott!"

„Herr Winter reicht."

Ich grinse dümmlich über seinen abgegriffenen Witz.

Seit drei Monaten schleppe ich mich mit diffusen Rückenschmerzen durch die Gegend, was mich nicht besonders störte, aber da Langeweile in letzter Zeit zu meinen Hauptbeschäftigungen gehörte, ging ich zum Arzt, um überhaupt mal das Haus zu verlassen.

Dieser hatte nichts Besseres zu tun, als mir gleich vier Dates mit diesem Knochenbrecher aufzuschwatzen. Und jetzt liege ich hier und frage mich, wo die Logik der Behandlung verborgen liegt, wo ich jetzt – genau jetzt – doch zehn Mal schlimmere Schmerzen habe, als ich vorher hatte.

„So und jetzt ziehen sie sich bitte mal ihre Hose aus."

„Was?"

„Hose aus!"

„Nein!"

„Bitte?"

„Äh… also…", ich fange an zu drucksen. „Ich kann meine Hose nicht ausziehen."

Herr Winter schaut mich zynisch an.

„Sie wissen doch wohl, dass es sich hierbei um eine rein medizinische Behandlung handelt."

„Ja, klar."

Ich spüre, wie mein Kopf heiß wird. Ein untrügliches Zeichen dafür, dass meine Gesichtsfarbe genau jetzt von Hautfarben auf Rot umschaltet.

„Ich kann nicht. Nächstes Mal, okay?"

Herr Winters Blick hat sich immer noch nicht geändert. Ich schätze ihn auf Mitte vierzig, aber er sieht für sein Alter eindeutig zu gut aus, als dass ich ihm jetzt meinen abgewetzten mit Blümchen bedruckten rosafarbenen String präsentieren könnte.

Herr Winters Blick verwandelt sich zu einem Fragezeichen.

„Nächstes Mal habe ich… Äh… Sagen wir mal… angemessene Unterwäsche für eine medizinische Behandlung an, okay?"

Ich kneife die Augen zusammen in der Hoffnung, dass er sich damit zufrieden gibt.

„Es tut mir leid, Frau Meusel, aber ich muss sie untersuchen. Und das kann nicht bis zum nächsten Mal warten."

Scheiße!

„Okay, aber es könnte ja auch reichen, wenn ich meine Hose einfach ein bisschen hochziehe."

Er mustert mich mit einer hochgezogenen Augenbraue und deutet mit seinem Zeigefinger auf mein Schambein.

„Ich muss genau daaa dran."

Ich seufze.

„Gut, kann ich dann die Hose einfach nur ein bisschen runterziehen? Aber ich bleibe auf dem Rücken liegen, ja?"

„Ja, das wird gehen", beruhigt er mich.

„Glück im Unglück", denke ich und frage mich, wie ich mich am besten vor den nächsten drei Terminen drücken kann.

Als ich die Praxis verlasse, klatscht mir der Regen waagerecht ins Gesicht.

Schlagartig verlässt mich mein Vorhaben, Herrn Winters Rat zu befolgen, jetzt gleich zwanzig Minuten spazieren zu gehen.

Ein heißer Kakao und meine neue *The Script* CD warten schon sehnsüchtig auf mich und diese Aussicht erscheint mir irgendwie verlockender.

Als ich die Autotür schließe, bemerke ich, wie mein Handy in der Hosentasche vibriert. Zum ersten Mal seit Wochen überkommt mich dabei nicht mehr die nackte Panik in Verbindung mit einem Kloß im Hals, sondern eine wohlige Wärme.

Immerhin sind die Aussichten seit meinem Zoobesuch weitaus rosiger geworden, was den potentiellen Absender der Nachricht betrifft.

Gott sei Dank schaltet sich gerade noch mein Verstand ein, um anzumerken, dass es ja auch jemand ganz anderes als Alex sein könnte.

Meine Mutter zum Beispiel oder eine gute Freundin... Oder der Freund einer guten Freundin...

Nein, eher unwahrscheinlich.

Trotz alledem bleibe ich ruhig.

Sehr ruhig, als ich mein Handy aus der Tasche ziehe und die Tastensperre löse.

Oh mein Gott! Er ist es! Alex, Alex, Alex! Er ist es wirklich!

Begeistert quietsche ich das Lenkrad meines Cinquecentos an und beiße hinein.

So und jetzt erst mal sammeln und lesen.

„Hey Greta. Es war total schön, dich im Zoo wieder zu treffen. Meinst du, wir können das wiederholen? Natürlich nicht im Zoo. Ich würde eher sagen, heute Abend gegen 20 Uhr im *Schröder's*? Beste Grüße Alex."

Ach du Scheiße! Heut Abend schon? Das überlebe ich nicht.

Mit zitternden Fingern beginne ich eine Antwort einzutippen. Dann fällt mir aber ein, dass ich ja schlauer geworden bin und ich lege das Handy erst einmal wieder zur Seite.

Natürlich werde ich antworten. Und selbstverständlich werde ich zusagen.

Aber erst in, na ja, sagen wir mal einer Stunde.

19

„Was ist mit deiner Liste?"

Fragend blickt Luisa mich an.

„Welche Liste?"

„Na deine To-Do-Liste, von der du mir erzählt hast. Zwei Dinge hast du ja jetzt schon abgehakt." Sie wirft sich in die weißen Kissen meines Sofas und versucht umständlich den Strohhalm ihres Glases in den Mund zu stecken. „Soweit ich weiß hattest du einen One-Night-Stand und hast den Mann fürs Leben kennen gelernt."

„Nun mal langsam", bremse ich sie. „Ob Alex der Mann fürs Leben ist, wird sich erst noch heraus stellen."

„Hahahahaha... So wie du schwärmst..."

„Ich schwärme immer. Das weißt du doch."

Ich drehe die Flasche mit dem 43er Likör auf und gieße mir einen weiteren Schluck ein. Endlich kann ich dieses verflucht leckere Zeug wieder trinken, ohne dass ich gleich einen Heulanfall bekomme. Das letzte Mal getrunken habe ich den Likör mit Ben. Aber der ist jetzt weg.

Weit weg.

Luisa gibt nicht auf.

„Du hast mir noch nicht alles von eurem Treffen erzählt. Ich höre?"

Ich grinse dümmlich vor mich hin.

„Ach klar habe ich das. Wir haben uns getroffen, einen

unfassbar tollen Abend miteinander verbracht, uns saugut
unterhalten, geflirtet, was das Zeug hält..."
Ich kaue auf meinem Strohhalm.
„Und zum Abschied hat er mich geküsst."
Luisa klatscht in die Hände.
„Na also! Und dann?"
„Wie und dann?"
„Na, was ist dann passiert?"
„Na, nix."
Luisa sieht mich an, als hätte ich ihr gerade eröffnet, dass
Marsmännchen *keine* Erfindung der Filmindustrie sind.
„Ihr hattet keinen Sex?"
„Bist du wahnsinnig? Natürlich nicht."
„Aber warum denn nicht?"
„Ist doch klar."
Ich beuge mich zu ihr vor.
„Männer verlieben sich nicht durch Sex, sondern durch die
Aussicht auf Sex."
Sie zieht eine Augenbraue hoch.
„Aha. Wo hast du das denn her?"
„Hab ich im Internet gelesen."
Luisa fängt an zu kichern.
„Ist ja sehr interessant. Und wie lange muss man warten,
bis der Mann sich verliebt hat und man endlich Sex haben
kann?"
Jetzt muss ich kichern.
„Acht Wochen!"
„*Acht Wochen?* Wer hat das geschrieben? Eine verbitterte
Emanze?"
„Ein Mann!"
Luisa tippt sich mit dem Zeigefinger gegen die Stirn.
„Der spinnt doch. Acht Wochen. Wer soll das denn
aushalten?"
„Das weiß ich allerdings auch nicht", muss ich zugeben.

„Ich würde es nicht aushalten.“

„Natürlich nicht!“

Luisa macht eine Kunstpause.

„Wie lange gibt du euch? Ich meine... bis zum ersten Sex?“

Ich überlege.

„Hmm... Mal sehen. Ich denke, es wird sich ergeben.“

Luisa beugt sich verschwörerisch zu mir vor.

„Komm wir wetten. Ich wette, du hältst es nicht länger aus als bis zum dritten Date.“

Jetzt muss ich lachen.

„Da brauchen wir gar nicht zu wetten. Damit hast du einfach verdammt Recht!“

Zufrieden lehnt sich Luisa zurück.

„Na dann sind wir uns ja einig.“

Nach kurzem Zögern fügt sie hinzu: „Übrigens... Ich habe eine Idee. Wegen deiner Liste.“

Ich setze einen fragenden Blick auf.

„Wir fliegen zusammen nach Berlin und da lässt du dich tätowieren.“

„Wir machen was? Wir fliegen? Aber wir können doch auch super mit der Bahn nach Berlin fahren.“

„Jaja... Das könnten wir. Aber das ist nicht der Plan. Der Plan ist fliegen!“

Und dabei zieht sie das Wort fliegen so lang wie Kaugummi.

Ich stelle mir vor, wie wir eine Stunde mit dem Auto nach Hannover fahren, drei Stunden am Flughafen warten, um dann mit Zwischenstopp dreieinhalb Stunden im Flieger nach Berlin zu sitzen.

„Jetzt mal ehrlich. Das ist doch total unökonomisch. Mit dem Zug wären wir in einer Stunde da.“

„Sicher. Wir könnten ja auch gleich nach Neuseeland fliegen. Aber wer soll das bezahlen?

Und außerdem muss man klein anfangen."

Ich halte das für keine gute Idee.

Luisa hingegen scheint es für die beste Idee zu halten, die ihr je gekommen ist, denn sie plappert munter weiter und malt sich in den buntesten Farben unseren Horrortrip aus.

„Ich weiß nicht, Luisa."

„Keine Widerrede. Du hast doch nur Angst. Das ist alles."

„Natürlich habe ich Angst. Ich scheiß mir alleine bei dem Gedanken daran schon in die Hose. Und dann soll ich mich auch noch tätowieren lassen. Willst du mir ein Wochenende meines Lebens komplett versauen?"

„Stell dich nicht so an. Ich schaue morgen im Internet und dann buche ich was. Nächstes Wochenende? Da hast du doch bestimmt Zeit oder?"

„Also eigentlich wollte ich mit…"

„Na siehst du. Passt doch prima."

Ich seufze und lehne mich zurück. Luisa lässt sich nicht aufhalten.

Gedankenverloren widmen sich meine Zähne wieder dem Strohhalm, der mittlerweile nur noch aus lose zusammenhängenden Fasern besteht. Der Gedanke an Berlin gibt dem sowieso schon geschundenen Plastik den Rest.

***

Mein Gesicht ist kreidebleich und während ich mir mit der Hand über die Stirn fahre, merke ich, dass sie klatschnass ist.

Die Turbinen der Boeing laufen bereits auf Hochtouren und ihr Jaulen erinnert mich erbarmungslos daran, dass ich mich auf den Weg in den sicheren Tod gemacht habe. Hier wird es enden.

Das Leben der jungen, selbstbewussten und erfolgreichen, alleinerziehenden Mutter, die im Grunde ihres Herzens ein Weichei ist. Das Leben der dreißigjährigen bald geschiedenen Frau, die ihren Mann betrogen hat und eine Affäre mit einem werdenden Vater hatte.

Jetzt, wo sich alle Wogen geglättet haben, ihr Herz nicht mehr zerbrochen ist und eine rosige Zukunft mit einem tollen Mann und einem tollen Job vor der Tür steht, jetzt wird all dies ein jähes Ende finden.

Ich suhle mich in der Dramatik dieser Situation und fühle mich wie eine sehr, sehr tragische Romanfigur. Sollte ich je diesen Flug (und verdammt noch mal auch den Rückflug) überleben, werde ich ein Buch schreiben.

Ein tragisches nur so von Kitsch überfülltes Buch, in dem die Protagonistin natürlich am Ende ihres Leidensweges mit der Gewissheit auf ein endlich erfülltes Leben bei einem Flugzeugabsturz ums Leben kommt.

„Ist dir nicht gut?"

Luisas Worte erinnern mich wieder daran, dass ich noch immer in einem Flugzeug sitze.

Verblüfft schaue ich sie an.

„Wieso? Sieht man das?"

„Naja... Du streichst dir die ganze Zeit mit der Hand theatralisch über die Stirn."

Das habe ich nicht wirklich gemacht.

„Oh… äh… Ja, ich schwitze irgendwie", versuche ich mich zu erklären.

Die Skepsis in Luisas Blick verrät mir, dass sie mir nicht unbedingt glaubt. Ach was soll es.

Wenn wir eh alle sterben, ist es auch egal, was sie über mich denkt.

Die Stewardessen bedeuten uns, auf unseren Plätzen zu bleiben und uns anzuschnallen.

Verdammt. Jetzt gibt es kein Zurück mehr.

Die Maschine rollt langsam auf die Startbahn zu. Bis jetzt fühlt sich noch alles ganz human an. Zur Sicherheit habe ich mir schon mal die Kotztüte fest in meine linke Hand gesteckt. Das Flugzeug nimmt Fahrt auf. Wir werden schneller. Drei, zwei, eins… Gleich ist es soweit.

Ich werde in meinen Sitz gepresst und mit der gleichen Intensität presse ich in meiner linken Hand die Kotztüte so weit zusammen, bis sie nur noch so groß wie eine Murmel ist und mit meiner rechten zerquetsche ich die Armlehne.

Ein Kribbeln wie damals beim Achterbahnfahren strömt durch meinen Hintern.

Augenblicklich wird mir wieder klar, warum ich mir geschworen hatte, in meinem Leben keine Achterbahn mehr zu besteigen.

Wir heben ab.

Ich halte den Atem an. Die meisten Unglücke passieren beim Start oder bei der Landung, habe ich mal gelesen. Also wenn ich den Start schon mal überlebe, dann muss ich nur noch die Landung überleben. Und natürlich den Flug selbst. Die Heimreise werde ich ganz bequem mit der Bahn antreten, habe ich mir gerade vorgenommen.

Luisa weiß davon zwar noch nichts, aber das werde ich ihr schon plausibel erklären können. Sie wird mich sicher verstehen.

Das Kribbeln in meinem Hintern lässt langsam nach und ich merke, dass wir anscheinend unsere Flughöhe erreicht haben.

Auf einmal überfällt mich ein Schwall aus Adrenalin. Ich löse meinen Gurt und springe zum Fenster.

„Wir fliegen! Luisa, wir fliegen!"

Die anderen Passagiere betrachten mich mit einem müden Lächeln.

Es sind wichtige Leute in teuren Anzügen, für die Fliegen so routinemäßig ist, wie für mich Autofahren. Anscheinend treffen sie öfter auf Menschen, die bei ihrem ersten Flug eine Begeisterung entwickeln, wie ein Steinzeitmensch, der das erste Mal Feuer gemacht hat.

Luisa lacht mich selbstgefällig an.

„Siehst du? Ich wusste, es würde dir gefallen."

Wider Erwarten überleben wir den Flug und auch die nachfolgende Landung und steigen bei Nieselregen und einem kalten Wind vor dem Berliner Flughafen in ein Taxi, welches uns zu unserem Hotel bringen soll. Berlin ist groß und überwältigend.

Aber an einem Tag wie heute, an dem die Stadt anscheinend ein Dauer-Abo auf Regen gewonnen hat, wirkt alles ein wenig trostlos. Die Straßen sind trotz des schlechten Wetters voll, was wahrscheinlich einfach an der Menge an Menschen liegt, die Berlin bewohnen und vor allem an der Menge an Touristen, die sich durch nichts und niemanden auf der Welt von einer Stadtrundfahrt abhalten lassen.

Unser Hotel liegt in der Christinen Straße. Es ist kein besonders schickes Hotel, aber auch keine billige Absteige. Ausreichend für zwei junge Frauen, die auf der Suche nach dem großen Abenteuer in einer großen Stadt das Hotel nur als Schlafstätte benötigen; und vor allem ist es bezahlbar.

Wir beziehen unser Zimmer, in dem in Deko nur wenig investiert wurde. Das einzige, was hier zurecht gemacht ist, ist das Bett, welches mit frischen weißen Laken und nach Waschpulver riechender Bettwäsche bezogen ist.

An der Wand über dem Bett hängt ein Kunstdruck von Kandinsky und auf der Fensterbank steht eine verlassene Vase mit einer Ikea Blume.

„Besser als ein Ikea Bleistift", denke ich und fange hysterisch an zu lachen, immer noch vollgepumpt vom Adrenalin des Fluges.

Die Freude über meinen Mut ist riesig, aber Luisa hat nichts Besseres zu tun, als sie gleich wieder zu ersticken.

„So, jetzt gehen wir eine Kleinigkeit essen und danach zum Tätowierer."

Ich lasse mich aufs Bett fallen.

„Meinst du, das ist eine gute Idee?"

„Was, das Essen?"

„Nein die Reihenfolge. Wenn ich erst esse, dann kotze ich dem Tätowierer bestimmt den ganzen Laden voll vor Angst. Das wäre schade um das Essen und schade um den Laden", füge ich hinzu.

Luisa hat schon wieder diesen Gesichtsausdruck aufgelegt, der mir vermitteln soll, dass sie keine Widerrede duldet.

„Jetzt hör mal zu, Greta. Ich habe gebetet und gebettelt, dass wir so kurzfristig einen Termin bekommen und das ging nur, weil ich den Tätowierer schon lange kenne und er mir noch einen riesen Gefallen schuldete. Also beiß die Zähne zusammen und schwing deinen Hintern hoch."

Ich gebe klein bei in dem Wissen, dass eine Revolte ihren Zweck verfehlen würde, gehe ins Bad, um mich frisch zu machen und gebe ihr zu verstehen, dass ich bereit bin.

Wir verlassen das Hotel und ich habe schon wieder einen Kloß im Hals.

***

„Aua, aua, aua!"

Ich kneife das Gesicht zusammen und frage mich, warum ich mir innerhalb von zwei Wochen gleich zwei Mal freiwillig solche körperlichen Schmerzen zufügen lasse. Der Tätowierer – Pete ist sein Name und er sieht wirklich aus wie ein Pete – ist im Gegensatz zu Jörg Winter, dem knochenbrechenden Physiotherapeuten, ein wenig gnädiger mit mir und meinem Schmerzempfinden. Fürsorglich macht er immer wieder Pausen, bis ich mich wieder gesammelt habe, erlaubt mir eine Extradosis Eis-Spray, wann immer ich sie wünsche und gibt sich unheimlich viel Mühe, mir keine unnötigen Schmerzen zuzufügen.

Das Tattoo wird der Hammer sein, versuche ich mich selbst zu überzeugen und ich beiße die Zähne zusammen. „Weitermachen!", diktiere ich und Pete macht sich tapfer daran, weiter zu stechen in Erwartung, dass ich jede Sekunde wieder unter einem Schmerzanfall zusammenbrechen könnte.

Nach zwei Stunden ist es vollbracht und ich betrachte das Meisterstück im Spiegel. Es sind ein winzig kleiner Bass,- und ein Violinschlüssel direkt zwischen meinen Schulterblättern, die in einem Geschnörkel aus geschwungenen Linien auslaufen und sich bis zu meinem Nacken hochziehen. Außen herum und zwischen dem Kunstwerk haben willkürlich verteilt einige kleinere und größere Sterne Platz gefunden und ich bin vor Stolz ganz ergriffen.

Pete nickt zustimmend, als er sieht, wie sehr es mir gefällt und ich falle ihm in meiner Euphorie um den Hals und bedanke mich ein wenig zu oft.

Luisa hält sich, wie immer, im Hintergrund.

Sie kommt mir manchmal vor, als würde sie die Regie führen und mehr als zufrieden die Szenen betrachten, die sie da kreiert hat, was ja auch nicht von der Hand zu weisen ist. Sie war schließlich diejenige, die mich zu dazu brachte, dass ich nun Punkt drei und vier meiner Liste abhaken kann. Ich beschließe, sie am Abend in einen sehr teuren Club auf viel teuren Champagner einzuladen. Das muss gefeiert werden.

Als wir wieder im Hotel sind, klingelt mein Handy.

„Hey, schöne Frau. Hier ist Alex."

Mein Herz wird warm.

„Hey, schön dich zu hören", säusele ich und lasse mich in den großen dunkelblauen Ohrensessel am Fenster fallen.

Luisa verzieht gespielt angewidert das Gesicht, aber Alex' Stimme zieht mich wieder in ihren Bann.

„Wie geht's dir? Den Flug hast du überlebt, wie ich höre? Was macht dein Tattoo?"

Ich lächle stolz vor mich hin. „Es ist vollbracht. Der reinste Wahnsinn. Gerade kann man leider nicht so viel sehen, weil da noch diese olle Plastikfolie drüber ist, aber wenn wir uns das nächste Mal treffen, werde ich es dir in seiner ganzen Schönheit präsentieren."

Er lacht.

Mein Magen kribbelt.

Ich liebe dieses Lachen.

„Und wie hast du den Flug überstanden?" hakt Alex nach.

„Ganz gut... Nein eigentlich war es der Hammer! Anfangs war ich mir total sicher, dass wir sterben werden, aber als wir dann endlich in der Luft waren, war es unfassbar."

Das Adrenalin schleicht sich zurück in meine Adern bei dem Gedanken daran, wie es war über den Wolken zu schweben und ich werde ganz euphorisch.

„Wenn ich wieder da bin, dann müssen wir beide auch unbedingt mal irgendwo..."

Ich stocke.

Nein, nein, nein. Nicht aufdringlich werden. Ihr hattet erst ein verdammtes Date.

Alex führt den Satz zu Ende: „...irgendwo hinfliegen?"

Ich kneife meine Augen zusammen, als ob dies das Gesagte rückgängig machen könnte.

„Äh... Also... Ich... Äh..."

Stille am anderen Ende der Leitung.

Dann fährt er mit leiser Stimme fort und es hört sich so an, als ob er das Handy jetzt ganz nah an seinen Mund hält:

„Weißt du, Greta... Ich würde sehr gerne mal mit dir irgendwo hinfliegen."

Ich schmelze in meinem Sessel und ein dämliches Grinsen macht sich in meinem Gesicht breit.

Luisa verdreht die Augen. Sie fuchtelt mit ihren Händen herum, so als hätte sie gerade erst die Gebärdensprache erlernt. Ich deute es als ein „Hör doch endlich mal auf mit dem Geseier, ich will los", und lege den Kopf schief.

„Du Alex, ich glaube, ich muss aufhören. Luisa macht mir gerade mit Hilfe einer Eurythmie Aufführung klar, dass sie gerne los möchte und ich muss mich noch fertig machen."

„Oh okay. Kein Problem. Dann viel Spaß euch beiden. Und macht Berlin für mich mit unsicher."

Als ich auflege, hat Luisa bereits die Minibar geplündert und kleine Sektfläschchen und *NicNacs* gefunden. Wir machen uns über ihre Beute her und feiern unsere Freundschaft, das Leben und die Liebe.

***

Das *M2* liegt ganz in der Nähe einer U-Bahn-Station, sodass wir bequem auf hochhackigen Schuhen das Berliner Nachtleben unsicher machen können, ohne viel laufen zu müssen. Um uns ein wenig zu stärken, waren wir zuvor noch beim gefühlt besten Inder der Stadt und haben uns mit Chapati, Lammspießen und Samosa vollgestopft.

Scheiß auf den Magerwahn!

Jetzt sitzen wir in einer überfüllten Berliner Szenedisco und fühlen uns unheimlich weltoffen und hip. Der Laden ist so voll, dass man das Gefühl hat, würden sie noch mehr Leute herein lassen, würde der Saal platzen.

Die Ausstattung ist übertrieben kitschig und absolut passend.

An den Fenstern hängen lange, dunkelrote Vorhänge, die mit ihren großen Falten und dem dicken Stoff so schwer wirken wie Tannenzweige im Winter, die unter der Last vom Schnee fast den Boden berühren. Die Fenster selbst sind hoch.

Es scheint sich um ein ehemaliges Fabrikgebäude zu handeln. Der Boden ist gepflastert und die Tische sind mit goldenen Kerzenleuchtern versehen. In den Ecken stehen passend zu den Vorhängen rote Samtsessel und Sofas, auf denen sich viele junge Leute in extravaganten Outfits schichten, als würden sie eine Orgie feiern.

Eine bestimmt dreißig Meter lange goldene Theke zieht sich an der kurzen Seite des Saales entlang, hinter der junge Frauen in knappen Lackhotpants massenhaft Cocktails und Mischungen verkaufen.

In einer Ecke wird getanzt. Es wummert in meinen Ohren. Die Musik ist gnadenlos laut.

Aber sie ist gut.

Sehr gut.

Luisa und ich sitzen an einem der Tische und versuchen uns durch den Kerzenleuchter und über die Lautstärke hinweg zu unterhalten.

„Meinst du, du wirst eine gute Lehrerin sein?", schreit Luisa mich an.

Ich blicke nachdenklich in der Gegend herum.

„Ja. Da bin ich mir sicher. Ich glaube, das ist mein Ding!"

Luisa taucht hinter der anderen Seite des Kerzenleuchters auf.

„Also ich hätte ja ein Problem damit, mir die ganzen Namen zu merken."

„Hättest du? Ach ich glaube, das ist kein Problem für mich."

Ich blinzle ihr zwischen den Armen des Kerzenleuchters zu.

„Namen kann ich mir gut merken. Ich weiß sogar heute noch, wie alle Darsteller von damals aus Beverly Hills 90210 hießen. Und das ist mindestens zwanzig Jahre her."

Luisa verdreht die Augen.

„Als ob *das* was heißen würde."

Ich merke, dass ich schon ein wenig betrunken von meinen zwei Gin Tonic bin, denn ich kann über ihr Augenverdrehen nur albern lächeln.

„Nein, im Ernst", fahre ich fort. „Da waren Kelly, die zickige Blondine, ihre etwas dickliche Freundin Donna…"

„Dicklich?"

Luisa unterbricht mich.

„Hast du gerade dicklich gesagt?"

„Äh ja. So was in der Art."

„Oh Mann Greta, nur weil alle anderen Schauspielerinnen aus dieser Serie 49 Kilogramm auf die Waage brachten und sie vielleicht 55, war sie nicht dicklich."

Luisa spuckt das Wort beinahe durch den Kerzenleuchter.

„Jetzt reg dich wieder ab und lass mich weiter aufzählen."

Luisa seufzt und lehnt sich zurück. Wohlwissend, dass sie auf diese Entfernung kein einziges Wort mehr von dem versteht, was ich sage.

In ihren Augen sehe ich wahrscheinlich aus wie ein Fisch im Aquarium, der stumm seine Lippen zu Ah, Oh und Uh Lauten formt.

Ich muss lachen bei der Vorstellung und fahre fort, die Namen aufzuzählen, diesmal allerdings wirklich tonlos.

„Brandon und Brenda, Steve, Dylan... und wie sie alle heißen", flüstere ich und beobachte Luisa dabei, wie sie überdeutlich mit dem Kopf nickt und aufgesetzt lächelt, so als ob sie jedes meiner Worte versteht und es vor allem total interessant findet.

Luisa beginnt gerade, sich dem Gespräch am Nebentisch zuzuwenden, an dem zwei ungefähr fünfunddreißigjährige Männer sitzen und sie mit ihren Blicken ausziehen, als mein Telefon klingelt.

Es ist Jule.

„JUULE?" schreie ich in den Hörer. „Kannst du mich verstehen?"

Ihre Worte erwischen nur bruchstückhaft mein Ohr.

„WAS?"

Ich bin gerade dabei, aufzustehen um den Raum zu verlassen, als ich sehe, wie sinnlos dieser Versuch in Anbetracht der dicht aneinander gedrängten Menschenmenge ist und verharre halb stehend, halb sitzend, als sie fortfährt.

„DU HAST WAS GESAGT? DAS IST NICHT DEIN ERNST!"

Ich kreische förmlich.

Luisa betrachtet mich entsetzt von der Seite und auch die Männer am Nebentisch haben ihr Gespräch unterbrochen und starren mich an.

„DU WILLST DAMIT SAGEN...?

ICH KANN DAS NICHT GLAUBEN...! OKAY... ALLES WEITERE WENN WIR WIEDER DA SIND...! JA...! CIAO!"
Ich setze mich und starre Luisa an.

„Ich fürchte, es bahnt sich gerade ein schwerer Herzinfarkt an."

„Ach, das geht gleich wieder vorbei", sagt sie und tätschelt meinen Arm. „Was ist los?"

„Ben..."

Ich schlucke.

„Ben wird seinen Firmensitz nach Braunschweig verlagern."

Luisa drückt jetzt meinen Arm so fest, dass es fast weh tut.

„Was wird er? Aber... Ist der denn bescheuert? Warum das denn?"

„Er und Maria haben sich getrennt."

Luisa schließt die Augen und ich kann deutlich erkennen, wie sie ihre Wut versucht, herunterzuschlucken. Als sie die Augen wieder öffnet, sieht sie mich mit einem fassungslosen „Was-willst-du-jetzt-tun-Blick" an:

„Was geht bloß in seinem Kopf vor? Was ist das für ein Hin und Her? Spinnt er jetzt total?"

Ich vergrabe meinen Kopf in meinen Händen.

„Ich weiß es nicht! Ich würde auch gerne wissen, was er sich dabei denkt. Aber ich will ihn auf keinen Fall noch mal sehen."

***

Der ICE 844 gleitet fast lautlos in einem Affenzahn über die Schienen in Richtung Wolfsburg. Das einzige, was zu hören ist, ist das Gemurmel von einigen Reisenden, die sich im gedämpften Ton miteinander unterhalten, alle drei Sekunden ein Handy, das klingelt und – was ich ja besonders liebe – irgendwo in einer Ecke eine junge Frau, die sich am Telefon hysterisch laut darüber auslässt, was ihr Exfreund ihr schon wieder alles für Beleidigungen um die Ohren gehauen hat.

„Jaaaaa", quietscht sie. „Ich sage es dir ja. Und dann meinte er noch, dass ich eine totale Schlampe wäre." Sie fängt an zu gackern.

„Nur weil ich mit seinem besten Kumpel telefoniert habe. Ich meine, hey! Wir haben nur telefoniert."

Das Gegacker wird lauter.

Ich stelle mir vor, dass sie ein rotes Kleid mit weißen Punkten trägt, dazu eine elfenbeinfarbene Perlenkette und auf ihrem Hals der Kopf einer Henne thront. Mit blonden Locken, die aussehen, als wären sie in einen Quirl geraten.

Ich grinse.

Luisa verdreht die Augen.

Das kann sie so gut.

Wenn sie die Augen verdreht, sieht sie immer ein bisschen aus wie eine Diva.

Fehlen nur noch die Zigarettenspitze im rot geschminkten Mundwinkel, die Seidenhandschuhe und künstliche Wimpern. Ihr Was-willst-du-jetzt-tun-Blick von gestern Abend fällt mir wieder ein.

Ben ist echt der Hammer!

Der ganze Typ ist eine einzige Frechheit. Er könnte an jeden verfluchten Ort dieser Welt ziehen, aber nein. Es muss ausgerechnet Braunschweig sein.

Selbstverständlich!

Und ich für meinen Teil weiß ganz genau, dass ich ihm nicht noch mal über den Weg laufen will. Nicht nach allem, was war und vor allem nicht bei allem, was jetzt gerade *ist*.

Mein Gedanke bleibt an Alex hängen. Der potentielle Prinz. Mein Herz wird weich und mein Gesichtsausdruck muss es ebenfalls werden, denn Luisa sieht mich prüfend an und fragt: „Du denkst mit diesem Blick aber doch wohl hoffentlich nicht gerade an Ben, oder?"

Ich schüttle den Kopf und grinse hochmütig.

„Nein, nein. Auf keinen Fall. Nicht mit diesem Blick."

Luisa nickt zufrieden und wendet sich wieder ihrem Buch zu.

Als wir in Wolfsburg ankommen, ist Alex bereits da, um uns abzuholen. Ich renne auf ihn zu wie ein kleines Mädchen und bemerke selber erst, kurz bevor ich bei ihm bin, wie kitschig das wirken muss.

Es ist mir egal und ich springe ihm in die Arme.

Er packt mich mit einem Griff und wirft mich durch die Luft. Stolz präsentiere ich ihm mitten auf dem Bahnsteig bei knappen zehn Grad mein neues Tattoo.

Er ist sichtlich begeistert und wendet sich dann Luisa zu, die mittlerweile auch endlich angekommen ist.

Ich stelle die beiden vor und Luisa – ganz sie selbst – pfeift anerkennend durch ihre Zähne.

„Du bist es also... Ich meine, du bist also Alex. Freut mich."

„Ja mich auch. Hi!"

Er hält ihr die Hand zur Begrüßung hin und nimmt sie mit einer feierlichen Geste.

„Und du bist Luisa. Greta hat mir schon viel von dir erzählt."

Luisa grinst breit.

„Ja und natürlich nur Gutes, willst du jetzt sagen."

„Das wollte ich in der Tat."

Alex wendet sich wieder zu mir.

„Wollen wir was essen? Ihr habt bestimmt Hunger."

„Gute Idee", sage ich.

„Ach wisst ihr... Ich glaube, ich möchte lieber nach Hause", sagt Luisa fast gleichzeitig.

„Ich bin müde von der Fahrt und diesem ganzen Im-Zug-Rumgesitze."

„Schade. Aber okay", erwidert Alex. „Aber wir fahren dich."

Als wir im Auto sitzen, um Luisa nach Hause zu bringen, sehe ich im Rückspiegel, wie sie pantomimisch versucht darzustellen, dass Alex anscheinend ein ganz heißer Feger ist.

Sie wippt merkwürdig mit ihrem Kopf in seine Richtung, um sich danach etwas affektiert ihre Hand vor ihren zu einem O geformten Mund zu halten.

Alex ertappt mich dabei, wie ich grinsen muss. Ich lächle ihn unschuldig an, kann aber meine Augen nicht vom Rückspiegel abwenden, in dem Luisa jetzt anscheinend versucht, mir zu sagen, dass sie ihre Wette ändern will, weil sie nicht glaubt, dass ich es bis zum dritten Treffen aushalte, nicht mit Alex in die Kiste zu steigen.

Ich ziehe eine Augenbraue hoch und werfe ihr einen verruchten Blick zu. Auch damit dürfte sie verdammt Recht haben, wenn ich ihn so neben mir betrachte. Er ist, um es mal auf den Punkt zu formulieren, einfach eine geile Sau! Da gibt es nichts schön zu reden.

Mir fällt wieder ein, wie ich beim ersten Kennenlernen dachte, dass er einfach viel zu perfekt sei, um eine längerfristige Beziehung mit ihm zu führen. Dass er perfekt ist, bestätigt er gerade in allem, was er tut. Ich schaue aus dem Fenster und flehe tonlos zu irgendeinem Gott da draußen, dass alles genau so bleiben wird, wie es jetzt ist.

20

Es ist Samstagabend 20.50 Uhr, als ich merke, dass ich weder Milch, noch Kaffee, noch Brötchen, Aufschnitt und Zigaretten zu Hause habe.

Mist!

Jan verbringt das Wochenende mal wieder bei Stefan und Alex will morgen früh zum Frühstück kommen und in der ganzen Aufregung habe ich natürlich das Wichtigste vergessen. Frühstücken ohne Milch, Kaffee, Brötchen und Aufschnitt ist in etwa so, wie schwimmen ohne Wasser oder Sex ohne Penis.

Jetzt aber schnell.

Edeka hat bis 21 Uhr auf. Ich schnappe mir mein Geld, meinen Autoschlüssel und meine Jacke, schlüpfe in Windeseile in meine Sneakers und rase mit dem Auto ins Nachbardorf.

Der Laden ist leer.

In einer Ecke hat die Putzfrau bereits begonnen, die klebrigen Fußabdrücke von irgendetwas, das so aussieht, als wäre es mal Joghurt gewesen – *bitte lass es Joghurt sein* –, weg zu wischen und die Kassiererinnen kratzen sich mit versteinertem Blick auf die Uhr gelangweilt die Schläfen. Ich gehe gerade zum Brotregal, als ich sehe, wie Moritz auf mich zu schlurft. Er hat anscheinend Feierabend, denn er trägt einen braunen Kapuzenpulli und eine verwaschene Jeans.

Mit müden Augen begrüßt er mich.

„Moritz! Hey, wie geht's dir?", frage ich gut gelaunt.

„Hmm..."

Ich betrachte ihn verdutzt.

„Was ist los?"

Moritz seufzt.

„Ach, frag nicht. Du glaubst ja gar nicht, wie anstrengend so eine Hochzeit sein kann."

Ich überlege.

„Ne, so richtig nicht. Unsere Hochzeit damals war sehr klein. Wir brauchten kaum etwas zu organisieren."

Mein Blick fällt auf eine Gin-Flasche in seiner linken und zwei Flaschen Tonic in seiner rechten Hand.

„Willst du die alleine trinken?", frage ich und deute auf seine Hände.

„Was? Ach... Hmm... Ja irgendwie schon. Anika ist arbeiten. Sie kommt erst morgen früh wieder nach Hause."

Ich grinse.

„Komm! Ich kaufe noch ein paar Plastikbecher dazu und dann setzen wir beide uns ganz punkmäßig wie früher vor den Edeka Laden und du erzählst mir alles."

Moritz finstere Miene erhellt sich sofort.

„Gretalinchen, das ist die beste Idee, die ich seit Tagen höre."

Draußen auf dem Parkplatz herrscht gähnende Leere. Die letzten Mitarbeiter haben sich auf den Weg nach Hause gemacht und wir setzen uns in eine schwach beleuchtete Ecke auf einen großen Stein.

Moritz öffnet die Flaschen und gießt mir eine großzügige Mischung in meinen Plastikbecher.

„Erzähl, wie ist es dir ergangen?"

Ich grinse schelmisch.

„Ich glaube, sie hat mich gefunden."

„Wer?"

Wir prosten uns zu.

„Na, die Liebe meines Lebens."

Moritz Augen leuchten.

„Ehrlich? Das freut mich total für dich. Wer ist es?"

„Ein Chemiker aus Braunschweig." verkünde ich mit stolz geschwellter Brust.

„Hmm... Klingt nicht so spannend."

Ich haue Moritz auf den Kopf.

„Mann, jetzt sei doch nicht so doof. Natürlich ist das spannend."

Moritz lacht.

„Okay, okay. Ich gebe mich geschlagen. Mensch, das ist ja höchst interessant."

„Ja", grinse ich wissend. „Vor allem, wenn man die Geschichte unseres Kennenlernens bedenkt."

Jetzt wird Moritz hellhörig.

„Wieso? Erzähl."

Ich berichte kurz von Alex' und meinen Annäherungsversuchen mit Hindernissen und wie der Zufall uns in die Karten spielte, als wir uns dann doch wiedersahen.

Moritz sieht irgendwie gerührt aus, als ich ende. Seine Augen blinzeln ein wenig zu häufig für die Lichtverhältnisse und ich frage ihn, ob er weint.

Er macht eine unwirsche Geste.

„Natürlich nicht! Das ist kein Grund zum Weinen. Das ist doch ein Grund, sich zu freuen."

Ich stimme ihm zu und wir stoßen wieder an.

„Auf die Liebe!", sagt Moritz.

„Auf das Leben!", erwidere ich, lege meinen Arm um seine Schulter und bin froh, dass der Gin Tonic wenigstens etwas wärmt, denn es ist wirklich verdammt kalt.

„So und jetzt will ich endlich wissen, warum du so zerknirscht durch die Gegend läufst."

Moritz seufzt wieder und sammelt sich.

„Also mal abgesehen davon, dass wir jetzt seit Wochen nichts anderes machen als passende Kleidung, passende Musik, passende Einladungskarten, passendes Essen, passende Tischkärtchen und passendes Was-weiß-ich-nicht-was auszusuchen, hat zu allem Überfluss auch noch im letzten Moment die Sängerin abgesagt, die eigentlich beim Einmarsch der Braut in die Kirche singen sollte."

Ich drücke meinen Plastikbecher in meinen Händen, dass er knackt.

„Aber das ist doch nicht so schlimm, oder? Ich meine, es sind noch drei Wochen bis zu eurer Hochzeit. Da wird sich doch wohl was finden."

Moritz pfeift geringschätzig durch seine geschlossenen Lippen. „Das denkst du. Wir haben sämtliche Sänger und Sängerinnen kontaktiert, die im Umkreis zu finden sind, und keiner und damit meine ich, wirklich keiner, hat an diesem Wochenende Zeit. Entweder sind sie schon für andere Veranstaltungen gebucht, haben eine Kehlkopfentzündung oder anscheinend einfach keine Lust und zu viel Geld."

Ich betrachte ihn mitleidig. „Das tut mir echt Leid. Und es ist keine Alternative, dass die Musik von einer CD…"

„Nein!"

Ich hebe beschwichtigend meine Hände.

„Okay, verstehe."

Mein Plastikbecher hat mittlerweile einen kleinen Riss und ich beschließe, mir noch etwas Gin Tonic nachzugießen, bevor er ganz zerstört ist.

Eine Weile sitzen wir nur da und schweigen. Ab und an hört man das Geräusch eines Autos, was die verlassene Dorfstraße hinauf gefahren kommt.

Auf einmal macht Moritz einen Satz in die Luft.

„Ich hab *die* Idee!"

Ich bin so überrascht, dass ich jetzt vor Schreck den Plastikbecher in meinen Händen vollends zerquetsche und sich der klebrige Gin Tonic über meine Hose ergießt.

„Scheiße! Was für eine Sauerei!", quietsche ich und springe auf.

Moritz schaut mich entsetzt an und beginnt, in seinen Taschen nach irgendetwas zu suchen, mit dem er das Schlimmste verhindern kann.

Er findet eine alte Rotzfahne und einen Kugelschreiber.

Mit dem zerknitterten Gesicht eines Bassets hält er mir die Rotzfahne vor die Nase und hebt entschuldigend die Schultern. Ich halte mir die Hand vor den Mund und kichere. Moritz' Basset Gesicht beginnt zu zucken und dann prusten wir beide wie auf Kommando los.

Eine halbe Stunde, zwei Lachflashs und drei Gin Tonic später, hängen wir aneinander gelehnt auf dem kalten grauen Stein und versuchen unsere Gedanken zu sortieren.

„Also", sage ich, „du hattest da eine Idee..."

„Jaaaa... Eine hervorragende Ideeee..."

„Na dann lass mal hören."

Moritz schmatzt, als ob er Essensreste aus seinen Eckzähnen herausziehen wollte.

„Du kannst doch singen..."

„Ich kann singen. Jawoll!"

„Warum singst du nicht auf unserer Hochzeit?"

Kurzzeitig werde ich wieder nüchtern und schaue ihn überrascht an.

„Ich?"

„Ja sicher. Du studierst Musik, das solltest du hinkriegen."

Ich überlege.

„Hmm... Ja, warum eigentlich nicht? Welches Lied denn?"

„Ach, du stellst ja Fragen."

Moritz kratzt sich gedankenverloren die Nase.

„Oh Mann, ich und Namen. Ich glaube, das Lied heißt *Angel*."

„Aha", bemerke ich. „Und von wem ist es?"

Moritz zieht eine Schnute: „Sarah Mäkläfflän."

„Wie bitte, wer?"

Ich glucke schon wieder.

„Sarah Mäkläfflän."

Ich öffne meinen Mund, um ihn gleich wieder zu schließen und versuche krampfhaft zu rekonstruieren, welchen Namen er genau gemeint haben könnte.

„Aah… Du meinst Sarah McLachlan!"

Moritz runzelt die Stirn.

„Ja, hab ich doch gesagt."

Ich kichere und hoffe kurz, dass Moritz sein Auto über Nacht doch lieber auf dem Edeka Parkplatz stehen lässt und nach Hause läuft.

„Ja klar. Eigentlich hast du genau das gesagt! Richtig!"

Angel von Sarah McLachlan.

Ein Schauer überkommt mich. Diesen Song habe ich damals immer mit Sophie zusammen gesungen. Eine Welle der Wehmütigkeit streift mein Herz und ich beschließe, dass ich sie unbedingt mal wieder anrufen muss.

„Okay Moritz! ist gebongt. Ich singe *Angel* auf eurer Hochzeit."

Moritz Augen strahlen.

„Saugut. Und bring deinen neuen Freund mit, ja? Ich will wissen wer es ist, der dich so glücklich macht."

„Worauf du dich verlassen kannst", grinse ich.

„Na dann prost! Auf deinen großen Auftritt und darauf, dass nach meiner Hochzeit das Leben wieder entspannter wird."

„Prost mein Lieber!"

***

„Ich lieeeeeebe dich!"

Sophies Quietschen am anderen Ende der Leitung lässt mir fast das Trommelfell platzen und ich halte das Handy sicherheitshalber einen halben Meter von meinem Ohr weg.

„Ich höre heraus, dass du das für eine gute Idee hältst, ja?", lache ich.

„Aber so was von! Ich freu mich! Jaaaa ich freu mich! Das ist eine großartige Idee."

„Ich freu mich auch total", grinse ich im Kreis.

„Das Beste – außer natürlich, dich mal wieder zu sehen – ist, dass ich endlich Alex kennenlerne."

Ich stimme ihr zu.

„Es wird höchste Zeit."

Nachdem ich Moritz' Vorschlag zugestimmt hatte, ging mir tagelang nicht aus dem Kopf, dass Angel eigentlich Sophies und mein Lied ist und ich es nicht alleine singen kann.

Also fragte ich kurzerhand Moritz beim nächsten Edeka Einkauf, ob es okay für ihn sei, wenn ich noch jemanden mitbringe, der beim Einmarsch der Braut mit mir zusammen singt.

Moritz einzige Antwort darauf war: „Klar, wenn sie gut ist, kein Problem."

Da ich das nur bestätigen konnte, musste ich nicht lange überlegen und beschloss, Sophie anzurufen, um sie zu fragen, ob sie Lust und hoffentlich auch Zeit hat, mich am 13. November besuchen zu kommen, um mit mir in der Kirche zu singen.

„Und es ist *Angel*, ja?"

„Genau. *Angel* von Sarah Mäkläfflän."

Ich kichere.

Sophie grölt.

Als sie sich wieder einkriegt, bemerkt sie:

„Ich hoffe, dass ich beim Singen nicht anfangen muss zu heulen."

„Das könnte passieren", gebe ich zu bedenken.

„Ich muss mich bestimmt auch zusammen reißen."

„Egal! Das schaffen wir schon. Ich freue mich jedenfalls wie verrückt!"

„Ich auch. Und du wirst nicht nur Alex kennenlernen, sondern auch noch seine bezaubernde Tochter, denn sie ist an diesem Tag bei ihm."

„Perfekt! Na dann... Bis demnächst! Ich werde schon mal fleißig üben. Und dann werden wir Moritz und Anika die schönste Hochzeit bescheren, die sie sich vorstellen können."

Ich lege auf und bin glücklich.

Glücklich über das Leben, über Alex und über die besten Freunde, die man sich nur wünschen kann.

***

Es klingelt an der Haustür.

Wer zum Teufel will Mittwochabend um halb neun was von mir.

Ich schiele aus meinem Schlafzimmerfenster, kann aber niemanden erkennen und bin mir nicht ganz sicher, ob ich aufmachen soll.

Gut, die Zeugen Jehovas werden es um diese Uhrzeit wohl nicht sein, denn die gehen bestimmt alle schon um acht ins Bett.

Also mache ich auf.

Oh mein Gott, es ist schlimmer als die Zeugen Jehovas stelle ich fest, als ich die Tür öffne.

Ben steht vor mir.

„Hallo", sagt er leise und sieht furchtbar aus.

Ein Fünf-Tage-Bart ziert sein eingefallenes Gesicht.

Seine müden Augen sind Zeugen vieler schlafloser Nächte.

„Ben?", identifiziere ich ihn.

„Hallo Greta... Schön dich zu sehen. Du hast mir gefehlt."

Bens Stimme klingt irgendwie... anders als sonst.

„Wie geht's dir?", erkundige ich mich.

„Och ganz gut. Hast du schon gehört?"

Ich lache spöttisch.

„Ja, habe ich."

Ben atmet schwer.

„Und?"

„Ich frage mich, warum du ausgerechnet nach Braunschweig ziehen willst, Ben!"

„Das fragst du dich? Ist das nicht klar?"

„Nein."

Er macht eine Pause, bevor er weiter spricht.

„Wegen dir!"

Ich schließe die Augen. Genau das hatte ich befürchtet.

„Was glaubst du denn, Ben? Dass du einfach so hier hereinschneist und ich dich mit offenen Armen empfange? Dass ich die ganze Zeit darauf warte, dass du dich endlich für mich entscheidest?"

„Ja... Nein... Ach ich weiß nicht. Natürlich hoffe ich das. Ich liebe dich. Maria und ich sind nicht mehr zusammen. Ich will mit dir leben."

Ich schüttle den Kopf.

„Weißt du was? Das wollte ich auch! Monatelang habe ich mir den Kopf über dich und uns zerbrochen. Monatelang habe ich gewartet, gehofft und geweint. Und jetzt, wo ich endlich wieder glücklich bin, jetzt kommst du und verlangst von mir, dass ich den Reset Knopf drücke und mit dir ein neues Leben beginne?"

Ben holt Luft und will etwas sagen, aber ich lasse mich nicht unterbrechen.

„Was ist mit deiner Untreue? Was ist mit deinen Lügen? Soll ich das alles einfach so aus meinem Gedächtnis löschen?"

„Gib mir doch wenigstens eine Chance", bettelt er.

Und nach einer kurzen Pause fügt er hinzu: „Du bist die Liebe meines Lebens."

Ich schließe die Augen und muss mit den Tränen kämpfen.

Das darf doch jetzt nicht wahr sein.

Ich darf nicht schwach werden. Dann sammle ich mich.

„Die Liebe deines Lebens? Ben, das warst du für mich auch. Ich hätte alles für dich getan und ich *habe* verdammt viel für dich getan. Ich habe mein ganzes Leben über den Haufen geworfen wegen dir. Weil ich es einfach wusste, dass du es bist."

Ich muss Luft holen, denn ich fühle, wie mir der Atem schwindet.

„Alles hätte so perfekt sein können, aber sieh uns doch an: Liebe, Freundschaft Plus, Freundschaft...

Nichts davon hat funktioniert. Und warum? Weil du einfach nicht treu sein kannst. Weil du dich nicht entscheiden kannst. Was weiß ich, wo dein Problem genau liegt. Aber es ist deins und nicht mehr meins."

Bens Blick bricht mir fast das Herz, als er sich wiederholt: „Bitte gib uns noch eine letzte Chance. Ich fühle mich so verloren ohne dich, Greta. Ich weiß nicht, wie ich alles, was ich dir angetan habe, wieder gut machen soll. Und ich weiß noch nicht einmal, warum ich das alles getan habe. Ich war dumm. Vielleicht hatte ich Angst. Vielleicht dachte ich, dass so jemand wie du auf Dauer mit mir niemals glücklich werden könnte.

Aber... du bist mein zu Hause. Du bist die einzige Frau, die mich jemals wirklich aufrichtig geliebt hat, so wie ich eben bin. Mit all meinen Fehlern und Schwächen. Und es tut mir einfach unfassbar leid. Alles."

Ich zähle bis 10 und zwinge mich mal wieder stark zu bleiben, denn ich weiß, würde ich jetzt auch nur einen kleinen Anflug von Schwäche zulassen, wäre ich verloren.

„Du willst noch eine letzte Chance? Du hattest hunderte von Chancen. Du hättest dich gar nicht erst trennen müssen. Du hättest mich nicht betrügen müssen. Ich habe dich geliebt, ehrlich! Mehr als alles auf der Welt, außer natürlich Jan. Aber auch mein Leben muss weitergehen. Und es geht weiter. Aber ohne dich."

Er schweigt und streicht sich mit zitternder Hand durch den Bart.

„Ich... Darf ich dich was fragen?"

„Ja."

„Du hast jemanden kennen gelernt, oder?"

Meine Stimme wird leise.

„Ja, habe ich. Und ich bin sehr, sehr glücklich."

Ich höre ihn schlucken. „Na dann..."

Eine quälende Stille breitet sich aus.

„Weißt du, so oft wie wegen dir habe ich in meinem Leben noch um niemanden geweint."

Ich bemerke, wie meine Stimme bricht.

„Und ich kann einfach nicht mehr."

Ben sagt immer noch nichts.

„Verstehst du mich?"

„Ja… sicher. Es ist nur… Ich… Ich vermisse dich so…" Jetzt bricht auch seine Stimme und ich verspüre den starken Drang, ihn in den Arm zu nehmen und ihm zu sagen, dass alles wieder gut wird.

„Ben", flüstere ich tonlos, „wir hatten unsere Chance. Aber du hast sie nicht genutzt. Und ich muss und werde dich jetzt gehen lassen."

Ben zögert. Ich kann spüren, wie er mit sich ringt. Schließlich sagt er sehr leise:

„Okay, wenn du das so willst, dann muss ich das akzeptieren. Ich liebe dich. Und das wird sich auch nicht ändern."

„Ich weiß…" Mein Herz wird weich. Ich weiß es einfach, dass er die Wahrheit sagt. Aber ich kann nicht mehr.

„Geh jetzt bitte, okay? Und pass auf dich auf."

„Okay! Du auch."

Er dreht sich um und greift nach dem Türknauf.

Der Mann, der monatelang meine Gedanken erfüllt und mein Herz zum Stolpern gebracht hat, will wirklich gerade gehen. Vermutlich für immer. Meine Hand streckt sich nach ihm aus und ohne bewussten Entschluss sage ich: „Warte!"

Er hält inne und schaut mich fragend an.

Langsam gehe ich auf ihn zu und greife nach seiner Hand. Er nimmt sie und drückt sie fest, als ich ihn in den Arm nehme. Eine gefühlte Ewigkeit stehen wir nur da und halten uns fest.

Ein letztes Mal.

„Mach's gut", flüstere ich.
Und dann gehe ich ins Haus, ohne mich noch einmal umzudrehen.
Ich schließe die Haustür und lehne mich von innen dagegen.
Fünf Minuten später habe ich mich noch immer nicht bewegt. Ich lege den Kopf in meine Hände und alle Erinnerungen von Ben und mir tauchen vor meinem geistigen Auge auf.
Dann schüttle ich mich, so als ob ich eine lästige Fliege loswerden will, gehe zum Kühlschrank, nehme mir meinen Ikea Bleistift und mache auf meiner Liste einen Haken hinter

- Ein Flugzeug besteigen
- Tätowieren lassen und
- Ben vergessen.

Jetzt ist nur noch ein Punkt übrig.

21

Die Sonne scheint. Das Thermometer zeigt 18 Grad an und es scheint so, als ob sich der Wettergott extra für diesen Tag noch ein letztes Mal so richtig ins Zeug geschmissen hat, um die Kulisse perfekt zu gestalten.

Die kleine weiße Kirche am Ortsrand sieht aus, als wäre sie aus einem historischen Film geklaut und extra für diesen Tag angeliefert worden, um genau hier auf dem kleinen Hügel zu strahlen. Körbe mit weißen Blumen zieren den Eingang, der sich hinter ein paar weißen Säulen versteckt. Die kleine Holzpforte steht offen und viele der Gäste sind bereits anwesend. Alles strotzt nur so vor Kitsch und ich finde es großartig.

Meine eigene Hochzeit war lediglich ein Austausch von Formalitäten und ich hätte mich nicht gewundert, wenn der Standesbeamte anstatt:

„Wollen sie Frau Greta Will zur Frau nehmen?",

einfach gefragt hätte:

„Was haben sie im letzten Jahr an gewerblichen Einnahmen gehabt?"

Nein, hier ist es wie bei *4 Hochzeiten und eine Traumreise*.

Fehlt nur noch *Froonck*, um das Bild perfekt zu machen.

Ich stehe mit Alex, Luca, Jan, Sophie und Moritz draußen und wir besprechen noch einmal kurz die Vorgehensweise. Sophie und ich sollen auf das Zeichen seines Vaters beginnen zu singen und die Braut auf ihrem Weg durch die Kirche musikalisch begleiten.

Moritz sieht unverschämt gut aus heute.

Seine zerzausten dunkelblonden Haare hat er mit ein bisschen Gel gebändigt und der schokobraune Anzug, den er trägt, ist ihm wie auf den Leib geschnitten.

Er ist kaum wieder zu erkennen, wo ich ihn doch sonst nur im Käseverkäuferoutfit sehe.

Auch Alex hat sich schick gemacht und die kleine Luca hüpft vor Aufregung in ihrem hellrosa Kleidchen mit unzählbaren Rüschen auf und nieder, während sie Jan, dem ich extra einen Mini-Anzug gekauft habe, von der Seite voll quatscht.

Dieser steht nur da und schaut gelangweilt in der Gegend herum. Lucas 135 Worte pro Sekunde scheinen an ihm abzuprallen wie die Kugeln einer Schrotflinte an einer Betonwand.

Die Rollenverteilung zwischen Männern und Frauen scheint sich schon im frühen Kindesalter zu manifestieren.

Sophie betrachtet erst Alex, um danach ein zufriedenes Lächeln in meine Richtung zu werfen.

Sie trägt ein blassgrünes langes Neckholderkleid, was sich an ihren Körper schmiegt wie Efeu an einen Baum. Auch ich trage ein bodenlanges Kleid aus weichem türkisfarbenem Satin, allerdings mit Trägern und einer kleinen silberfarbenen Brosche am Dekolleté.

Die Orgel fängt an zu spielen und das ist für uns das Zeichen, herein zu gehen.

Alex drückt mir einen Kuss auf die Lippen, wünscht mir viel Glück und setzt sich zusammen mit seiner Tochter und Jan in eine der letzten Reihen.

Sophie und ich schauen uns vielsagend an.

„Jetzt geht's los!", verkünde ich.

„Wir machen das. Und nicht heulen!", grinst sie neckisch und nimmt mich fest in den Arm. Unser Kurz-vor-dem-Auftritt-Ritual von früher.

Ich bin ein bisschen sentimental und muss aufpassen, dass ich nicht jetzt schon losflenne, als wir durch die voll besetzte Kirche nach vorne in Richtung Altar gehen.

Der schwarze Flügel wurde extra ein wenig nach vorne gerollt, damit wir beide gut zu sehen und zu hören sind.

Am Altar sind große weiße Kerzen entzündet und der Pastor steht bereits auf seinem Posten. Er nickt uns kurz zu, als wir unsere Plätze einnehmen.

Sophie setzt sich hinter den Flügel und schließt die Augen. Ich sehe, dass sie sich ein letztes Mal sammelt. Die Orgel hört auf zu spielen und für einen kurzen Moment ist es so still, dass man nur den eigenen Atem hört.

Auf einmal ertönt eine helle Stimme aus den letzten Reihen der Kirche.

„Hey Papa schau mal! Greta sieht aus wie ein richtiger Star!"

Die Menge fängt an zu lachen und ich sehe, wie Alex rot wird und mit einer hilflosen Geste seiner Tochter bedeutet, ruhig zu sein.

„Nun habe ich also doch noch den letzten Punkt aus meiner Liste abgehakt", denke ich zufrieden.

Als sich alle wieder beruhigt haben, entdecke ich Moritz' Vater am Eingang der kleinen Kirche. Er sieht nach draußen und wendet dann den Blick zu uns.

Er nickt.

Es geht los.

Die ersten Akkorde von Angel erklingen und mich überkommt ein Schaudern.

Sophies Hände gleiten über die Tasten als wären sie mit ihnen verschmolzen.

Ich öffne meinen Mund und beginne zu singen:

Spend all your time waiting for that second chance…

Meine Gedanken wandern zu Ben…

For a break that would make it okay…

Und wie er am Ende doch alle Zelte abbrach und mich
zurück wollte…

*There's always some reason to feel not good enough
And it's hard at the end of the day…*

Was er jetzt wohl macht und wie es ihm geht…

I need some distraction…

Wie lange ich gebraucht habe, um ihn endlich loslassen
zu können…

Oh beautiful release…

Ich betrachte Alex in der hinteren Reihe…

Memories seep from my veins…

Mein Prinz… Ich werde sentimental.

Let me be empty…
Anika betritt die Kirche. Sie sieht zauberhaft aus.

*Oh and weightless and maybe,
I'll find some peace tonight…*

Der Refrain beginnt. Sophie und ich lächeln uns an und singen:

In the arms of the angel...

Moritz steht am Altar und fixiert seine zukünftige Frau, wie sie langsam durch die Menge schreitet.

Far away from here
From this dark cold hotel room...

Meine Blicke suchen Alex' Augen.

And the endlessness that you fear
You are pulled from the wreckage...

Er sieht mich an und lächelt mir zu.

Of your silent reverie
You're in the arms of the angel...

Es ist alles perfekt!

May you find some comfort here...

Einfach alles!

***